HEYNE BÜCHER

SCIENCE FICTION

Herausgegeben
von Wolfgang Jeschke

Von **Algis Budrys** erschienen in der Reihe
HEYNE SCIENCE FICTION & FANTASY:

Projekt Luna · 06/3041; auch als 06/48
Das verlorene Raumschiff · 06/3301; auch als 06/3979
Michaelmas · 06/3683
Harte Landung · 06/5938

ALGIS BUDRYS

HARTE LANDUNG

Roman

Aus dem Amerikanischen von
FRANK BORSCH

Deutsche Erstausgabe

WILHELM HEYNE VERLAG
MÜNCHEN

HEYNE SCIENCE FICTION & FANTASY
Band 06/5938

Titel der amerikanischen Originalausgabe
HARD LANDING
Deutsche Übersetzung von Frank Borsch
Das Umschlagbild ist von doMANSKI

Redaktion: Wolfgang Jeschke

Amerikanische Erstausgabe by Warner Books, Inc., New York
Mit freundlicher Genehmigung des Autors
und Thomas Schlück, Literarische Agentur, Garbsen
(# 34761)

Printed in Germany März 1998
Umschlaggestaltung: Atelier Ingrid Schütz, München
Technische Betreuung: M. Spinola
Satz: Schaber Datentechnik, Wels
Druck und Bindung: Elsnerdruck, Berlin

ISBN 3-453-13968-2

Widmung

Judy Lynn del Rey, einer Lektorin

Danksagung

Brian Thomsen,
einem sehr geduldigen Lektor

Dankeskarte

Betty Smith und Eric Weger,
zwei unbezahlbaren Helfern

Dementi

Alles, was folgt,
ist gelogen.
Besonders natürlich die Teile,
die wahr erscheinen.

Teil eines Berichts, der später von der AO/KGM-Akte Neville Sealmans entfernt wurde

Der Mann wurde auf den nach Norden führenden Schienen der Burrow Street Station gefunden, einer Vorortlinie der Chicago Transit Authority in Shoreview/Illinois. Ein Stromstoß hatte ihn getötet.

Shoreview ist eine Stadt mit 80 000 Einwohnern am Westufer des Michigansees, nicht weit im Norden Chicagos. Für unsere Zwecke genügt es, Shoreview einfach als einen Ort zu betrachten, an dem die Chicagoer Mittelklasse schlief und am Wochenende ihre Besorgungen erledigte.

Es geschah im frühen März um fünf Uhr fünfzig … einem dunklen, frostigen, nassen Abend. Es meldeten sich keine Zeugen, die den Tod des Individuums, das sich Neville Sealman nannte, beobachtet hatten.

Obwohl sich der Vorfall auf dem Gelände der CTA ereignet hatte, übernahm das Shoreview Police Department die Zuständigkeit für den Fall und nahm die Ermittlungen auf. (Die einzige Aufgabe der Polizeitruppe der CTA besteht in der Wahrung der öffentlichen Sicherheit.) Der Fall wurde Sergeant Dothan Stablits vom Shoreview Police Department anvertraut. Bevor man den Leichnam vom Fundort wegbrachte, traf ein Vertreter der Rechtsabteilung der CTA ein, dem Stablits seine Kooperation gewährte. Sie durchsuchten gemeinsam die Taschen des Verstorbenen.

Ihr Inhalt führte zu der Identifizierung des Toten

als Neville Unruh Sealman, einem Einwohner South Shoreviews. In seiner unberührten Brieftasche befanden sich ein Führerschein des Staates Illinois, eine Sozialversicherungskarte, eine Karte des Blue Cross sowie etwas Bargeld.

Die Akten der Sozialversicherung enthüllten später, daß die Sozialversicherungsnummer auf einen gefälschten Antrag hin erteilt worden war. Der Führerschein war ordnungsgemäß erworben; zumindest hatte er den Verfahrensvorschriften der prüfenden Behörde in Illinois genügt. (Der Verstorbene hatte allerdings niemals einen Wagen besessen.) Aus den Aufzeichnungen ging hervor, daß sich der Antragsteller mit einer beglaubigten Abschrift von Neville Sealmans Geburtsurkunde ausgewiesen hatte. Diese hatte er anscheinend dadurch erworben, daß er die Todesanzeigen von Kleinstadtzeitungen nach im Kindesalter verstorbenen Personen durchgegangen war, eine weithin bekannte Methode. [Neville Unruh Sealman, * 1932 † 1932 in Mattoon/Illinois.] Das Aussehen des Verstorbenen – man schätzte ihn zunächst auf etwa dreißig – stand mit dem im Führerschein angegebenen Alter von dreiundvierzig nicht auffallend im Widerspruch.

Man übergab den Leichnam dem Leichenbeschauer von Cook County und leitete die Suche nach den nächsten Angehörigen ein. (Es wurden niemals Angehörige ausfindig gemacht; es wurden auch keine Freunde gefunden und keine Personen, die den Verstorbenen länger als die zweiundvierzig Monate kannten, die er im Großraum Chicago gelebt und gearbeitet hatte. Die Bekannten des Verstorbenen waren ausnahmslos Arbeitskollegen oder Nachbarn.)

Die Nachforschungen in Sealmans möblierter Anderthalbzimmerwohnung, die nur vier Haltestellen von dem Bahnhof entfernt lag, an dem man den Leichnam gefunden hatte, ergaben, daß Sealman dort alleine gewohnt und niemals Besucher empfangen hatte. Alle in der Wohnung gefundenen Anhaltspunkte stützten die Sealman-Identität, und keiner von ihnen war älter als die erfolgreiche Bewerbung bei der Magnussen Engineering Co.

Magnussen ist ein Ingenieurbüro in Chicago. Die einzige Einstellungsvoraussetzung bei Magnussen ist die Fähigkeit, die Standardfertigkeiten eines technischen Zeichners vorweisen zu können; das einzige Dokument, das ein zukünftiger Angestellter vorweisen muß, ist der Nachweis einer Sozialversicherungsnummer. Es wurden keine weiteren Informationen zu seiner Identität gefunden. Seine Wohnung war in auffälliger Weise frei von jedem Schnickschnack und erschien unpersönlich. Es wurden keine Belege dafür gefunden, daß er jemals von einer medizinischen oder zahnmedizinischen Einrichtung behandelt worden war, was während der anfänglichen Ermittlungen einige Unruhe auslöste (siehe weiter unten).

Dothan Stablits' Nachforschungen bei Magnussen ergaben, daß Sealman dort seit seinem angeblichen Umzug aus Oakland/Kalifornien angestellt gewesen war. An seinem Todestag hatte er seinen Arbeitsplatz wie üblich um fünf Uhr nachmittags verlassen und am Hochbahnsteig State Street der CTA den Shoreview Express bestiegen.

Der Bahnsteig, von dem aus die Züge nach Norden abfahren, ist von seiner Arbeitsstelle aus sichtbar, und er wurde beim Besteigen des Zuges von seinem Arbeitgeber beobachtet, der ihn als eine ausgeglichene, hart arbeitende Person mit etwas nervösem Gehabe und von mangelnder Geselligkeit beschrieb.

Zu gegebener Zeit wurde Sealmans Wohnung für die Hausverwaltung freigegeben, und seine persönlichen Habseligkeiten wurden in das Lagerhaus des Leichenbeschauers von Cook County überstellt. Es wurde von keiner Seite Anspruch auf sie erhoben. Sergeant Stablits' Bericht beschreibt sie zutreffend als Kleidungsstücke und Körperpflegeartikel, die man in der Umgebung von Chicago/Shoreview in den Verkaufsstellen der großen Ladenketten erwerben kann. [Eine Kopie des Berichts ist beigeheftet.] [Anlage 6]

Sergeant Stablits' Ereignisbericht [Anlage 1] spiegelt ein gewisses Maß an Unbehagen über die Todesumstände des Verstorbenen wider.

Die Borrow Street Station liegt in einem reinen Wohngebiet. Der Zeitpunkt des Todes weist darauf hin, daß Sealman ohne Unterbrechung an seiner üblichen Endhaltestelle vorbeigefahren sein muß, aber Stablits konnte dafür keinen Grund ausfindig machen. Trotz der Publizität, die der Fall in den Chicagoer Medien und in der Wochenzeitung *Shoreview Talk* erfuhr, meldete niemand jemals Sealmans Nichterscheinen bei einer beabsichtigten Verabredung. Diese Tatsache verhinderte nach Sergeant Stablits' (jetzt Polizeichef in Gouldville/Indiana) Auffassung eine zufriedenstellende Schließung der Akte Sealman. Aber abgesehen von der mangelnden Echtheit von Sealmans Identität gab es keine Belege, die dem Befund eines Unfalltodes widersprachen und damit keinen zwingenden Grund, weitere Mittel aufzuwenden und die Untersuchung weiterzuverfolgen – zum Beispiel über Illinois hinaus nach Oakland. Als sich herausstellte, daß seine Fingerabdrücke beim FBI nicht gespeichert waren, wurde seine Akte zwar nicht geschlossen, aber statt dessen einfach zu dem Zweck aufbewahrt, daß ein neuer Vorfall sie reaktivieren mochte. Ein solcher Vorfall fand niemals statt.

Die Rechtsabteilung der CTA zeigte anfangs überdurchschnittliches Interesse an dem Fall. Die Borrow Street Station wurde 1912 in Betrieb genommen. Sie liegt in einem tiefen, offenen Einschnitt weit unterhalb der angrenzenden Straßen und Gebäude; nördlich von Chicago senken sich die Gleise auf Straßenniveau und schließlich darunter. Die Abgelegenheit des Ortes machte es noch unwahrscheinlicher, einen Zeugen zu finden, der Sealman dort gesehen haben könnte. Man kann deshalb mit ziemlicher Sicherheit davon ausgehen, daß die CTA eine Klage wegen Nachlässigkeit durch die Erben erwartete.

Die Bausubstanz der Haltestelle ist teilweise zu einem klapprigen Zustand verwittert, und ein kompletter Neubau ist in Planung. Der Bahnsteig ist baufällig, und die Hälfte der Lampen auf dem Bahnsteig ist defekt. Die Treppen des Ausgangs zur Straße sind aus armiertem Beton gegossen, dessen Oberfläche im Lauf der Jahre weggebröckelt ist. Dadurch wurde der rostgefährdete Stahl freigelegt, der damit extremer Verwitterung ausgesetzt war. Im jetzigen Zustand sind die Treppen, offen gestanden, gefährlich.

(Der Betrieb der CTA ist verlustträchtig, sie strebt irgendeine Form öffentlicher Subvention an. Ihr Schienennetz und Gerät stammen teilweise aus den Beständen der ineffizienten Vorläufergesellschaften und bankrott gegangenen privaten Transportgesellschaften.)

Obwohl augenblicklich keine potentiellen Kläger in Erscheinung traten, war die CTA der Ansicht, daß alle nötigen Schritte unternommen werden sollten, um die Möglichkeit auszuschließen, daß der Verstorbene aufgrund eines strukturellen Schadens des Bahnsteigs gestolpert, auf die Gleise gefallen und in Berührung mit der Stromschiene gekommen war. Diese Möglichkeit schien zugegebenermaßen auf der Hand zu liegen. Wenn nun aber Sealman seit längerer Zeit unter Herzstörungen oder aus einem anderen Grund unter chronischen Schwindelanfällen gelitten hätte, hätte dies ein sehr viel positiveres Licht auf die Akten der CTA geworfen. Fast ebenso befriedigend wären Beweise gewesen, die den Befund eines wahrscheinlichen Selbstmordes oder sogar Mordes gestützt hätten. Sergeant Stablits konnte jedoch keinerlei Hinweise zu Tage zu fördern, die derlei Annahmen gerechtfertigt hätten.

Nachdem er herausgefunden hatte, daß sich keine Arzt- oder Zahnarztpraxen in Gehweite der Haltestelle befanden, unternahm er keine weiteren Anstrengungen, einen praktischen Arzt ausfindig zu machen, bei dem Sealman in Behandlung gewesen sein mochte. Sein Interesse beschränkte sich darauf, einen Grund für Sealmans Anwesenheit auf dem Bahnsteig in jener Nacht zu finden, und er gab der CTA zu verstehen, daß, wenn sie jeden Arzt im Großraum Chicago überprüfen wollte, sie dafür aus ihrem eigenen Budget aufkommen müßte. Danach gingen die Ermittlungen der CTA und des Shoreview Police Departments getrennte Wege (und endeten getrennt).

In dieser Atmosphäre wurden eine Reihe von privaten wie amtlichen Mitteilungen zwischen der CTA und dem Büro des Leichenbeschauers von Cook County und einigen Individuen innerhalb dieser Organisationen ausgetauscht, die auf eigene Initiative handelten. Als Folge stellte das Büro des Leichenbeschauers seinen erfahrensten Gerichtspathologen für die Autopsie ab, der mit großer Sorgfalt und Genauigkeit verfuhr.

Kurz nachdem dieser Pathologe – Dr. med. Albert Camus – mit der Untersuchung der Brusthöhle begonnen hatte, unterrichtete er den Leichenbeschauer, daß er auf bemerkenswerte Anomalien gestoßen sei. Die Autopsie wurde anschließend im Beisein des Leichenbeschauers vertraulich zu Ende geführt, und es wurden gewisse Verwaltungsentscheidungen getroffen.

Die aufgezeichneten Befunde bestätigten, daß der Tod zweifelsfrei durch einen Stromstoß eingetreten war, was tatsächlich der Beweislage entsprach, und die

CTA erhielt entsprechende Nachricht. Ab einem gewissen Zeitpunkt muß immer klarer geworden sein, daß sich keine Vermächtnisnehmer melden würden, so daß die CTA den amtlichen Bericht von Dr. Camus weniger schwer genommen haben muß, als sie es noch wenige Tage zuvor getan hätte. Die Akte der CTA wurde danach jedenfalls geschlossen, und dieser Status hat zwischenzeitlich keine Änderung erfahren.

Das Dossier des Leichenbeschauers spiegelt die große Verwirrung wider, welche die Entdeckung des Pathologen hervorrief und die er als »ein unter hohem Druck arbeitendes kardiovaskuläres System von hoher Leistungsfähigkeit« bezeichnete. Darüber hinaus beschrieb er eine Reihe bedeutsamer, aber anatomisch miteinander im Einklang stehender Abweichungen von der Norm. [Anlage 2]

Auf Dr. Camus' Vorschlag wurde dieses Amt* mit dem Ziel angerufen, herauszufinden, ob die Befunde einzigartig seien.

Unmittelbar nach dem Eingang des Anrufs wurde ein zuständiger Beamter (der Unterzeichnete) ausfindig gemacht und mit dem Gespräch betraut. Ein Gesuch um eine zweite Autopsie wurde an den Leichenbeschauer von Cook County gerichtet, und Dr. William Henshaw, eine Kapazität dieser Behörde, wurde mit einem herkömmlichen Linienflug nach Shoreview gesandt. [Anlage 7, Spesenbelege]

Gleichzeitig wurde eine AO/KGM-Meldung an unsere Dachorganisation weitergeleitet. (ENDE DES AUSZUGS)

VERMERK: UNTERSCHRIFT DES SACHBEARBEITERS UNLESERLICH

* Das Nationale Register Pathologischer Anomalien, Washington, D.C.

Anmerkung des Autors zum Nationalen Register Pathologischer Anomalien

Das Nationale Register Pathologischer Anomalien wird von der Bundesregierung finanziert und wurde in den späten Vierzigern gegründet. Es publiziert Bulletins für steuerfinanzierte pathologische Dienste und andere interessierte Gruppen. Die Informationen beschränken sich auf die Beschreibung ungewöhnlicher anatomischer Strukturen und Funktionen, auf die man bei routinemäßig vorgenommenen Leichenöffnungen gestoßen ist.

Es gibt eine Reihe von ›gewöhnlichen‹ Anomalien, und das NRPA befaßt sich nicht mit solchen. Bei einer nicht unbeträchtlichen Anzahl von Menschen befindet sich das Herz in der rechten Seite der Brusthöhle, und viele Menschen werden ohne Blinddarm geboren. Zusätzliche Finger und Zehen sowie abnorme Genitalien zählen ebenfalls zu den alltäglichen Beispielen. Eines der ersten Dinge, die ein Medizinstudent lernt, ist, daß die Einzelheiten der inneren Ordnung jedes Menschen ungefähre Ähnlichkeit mit den ordentlichen Diagrammen in den Lehrbüchern aufweisen, sie sich aber lästigerweise gleichzeitig von ihnen unterscheiden. Dies geschieht, ohne das allgemeine Funktionieren eines Individuums als eindeutig und nachvollziehbar menschlicher – und im wesentlichen gesunder – Organismus zu beeinträchtigen. Anatomiekurse zerstreuen jede Vorstellung davon, daß der liebe Gott mit einer Ausstechform arbeitet. Sie vermitteln dagegen die Vorstellung, daß die Mechanismen des Lebens zugleich subtiler und entschlossener sind, als sich die meisten vorstellen können. In vielen Fällen sind diese Anomalien so erfolgreich, daß sie zu Lebzeiten eines Individuums nicht bemerkt werden. Da den meisten Todesfällen keine Autopsie folgt, existieren keine verläßlichen Statistiken darüber, wie häufig dergleichen Anomalien sind.

Das bedeutet, daß eine nicht bezifferbare Anzahl von Menschen existiert, die auf konventionelle medizinische und chirurgische Behandlung eigentümlich reagieren; die überstehen, was eigentlich verkrüppelnde oder tödliche Verletzungen sein sollten, während sie gleichzeitig von scheinbar harmlosen Unfällen dahingerafft werden; oder die sogar in der Lage sein könnten, den üblichen Methoden von Haft und Bestrafung zu entschlüpfen – um nur einige Gebiete von großem Interesse für Behörden zu nennen, die mit der Aufrechterhaltung der öffentlichen Gesundheit und Ordnung betraut sind.

Die Publikationen des NRPA befassen sich nur mit extremen Fällen. Darüber hinaus unterscheiden sie genau zwischen den Arten der Extreme. Es gibt welche, die man als von Menschen verursachte Anomalien bezeichnen könnte; Defekte, die mit an Sicherheit grenzender Wahrscheinlichkeit von der Wirkung vieler verschiedener künstlich hergestellter Substanzen auf die schwangere Mutter des betroffenen Individuums herrühren. Diese sind, wenn sie auch nicht komplett katalogisiert werden, Teil eines eigenen Bereichs medizinischer Forschung, der halbwegs mit dem Einfallsreichtum des Drogenmißbrauchs und den sich auftürmenden Effekten der modernen chemischen Industrie Schritt hält. Das NRPA beschreibt offensichtlich in diese Kategorie fallende Anomalien, wenn es auf sie stößt, und allein diese Tatsache genügt, um seinen Bulletins eine weitreichende Leserschaft zu garantieren. Aber es gibt noch eine weitere Kategorie.

Gelegentlich findet man bei einer Autopsie Organe oder sogar ganze Systeme von Organen, die tatsächlich einzigartig sind und deren Funktion dem Pathologen, der sie entdeckt, mit den ihm zur Verfügung stehenden Mitteln ein Rätsel bleiben wird. In solchen Fällen reagiert das NRPA zügig. Es stellt dem untersuchenden Arzt jede menschenmögliche Hilfe und Information zur Verfügung und beteiligt sich an der gründlichen Untersuchung des Falles. Das NRPA hat sich den Ruf erworben, auf eine Art und Weise Hilfe zu leisten, die selbst von Pathologie-Abteilungen begrüßt wird, die auf dem Papier finanziell gut ausgestattet sind. Das hat zur Folge, daß die rund um die Uhr besetzte Telefonnummer des NRPA überall in den Staaten, welche die von der Weltgesundheitsorganisation geförderten gegenseitigen Kooperationsabkommen unterzeichnet haben, nicht vergessen wird.

Aber es ist wichtig, sich zu vergegenwärtigen, daß nahezu ausnahmslos irgendeine prosaische Erklärung für die scheinbare Anomalie eines Falles gefunden wird.

Das jährliche Budget des NRPA wird aus Mitteln bestritten, die der Kongreß einer Dachorganisation zugänglich macht. Diese Form der Finanzierung aus einer Sekundärquelle wird üblicherweise dann angewendet, wenn die Dachorganisation die Central Intelligence Agency, das Federal Bureau of Investigation oder die National Security Agency ist, um nur drei von ihnen beim Namen zu nennen. Ich habe es nicht vermocht, die Dachorganisation des NRPA eindeutig zu benennen.

AO steht für ›anormale Organe‹. Bei den meisten Akten des NRPA steht am Anfang der AO-Vermerk, gefolgt von einer Nummer, die das Datum der Anlage der Akte und das ihrer Schließung angibt. Diese Akten bilden die Grundlage für die meisten Artikel in den Bulletins und sind zweifelsohne von unmittelbarem Wert für die medizinischen Spezialisten, die sich mit den Folgen menschlicher Handlungen beschäftigen.

Ein weit kleinerer Teil der Akten ist mit AO/KGM betitelt. Es heißt, die zweite Buchstabenreihe im Vermerk stünde für ›keine gewöhnliche Mißbildung‹. Der Zugang und die Benutzung dieser Akten ist strikt auf die Führungsebene des NRPA beschränkt. Eine AO/KGM-Meldung – früher ein auf rotes Papier gedrucktes Formular, jetzt eine mündliche Mitteilung, der ein besonderer Signalton auf den computerisierten Kommunikationsgeräten des NRPA vorausgeht, und von der der Himmel wissen mag, an wen sie geht – ist in jenem Augenblick erforderlich, in dem eine Akte dieser Kategorie angelegt wird. Im NRPA, das in einem dreistöckigen Gebäude aus rotem Backstein im georgianischen Stil untergebracht ist und das für seine Mitarbeiter ein nettes kleines Kaffee unter Bäumen im Hinterhof betreibt, geht ein Witz um, daß KGM in Wirklichkeit für Kleine Grüne Männchen steht.

– A. B.

Auftakt zu den Ereignissen an einem frühen Abend im März

Jack Mullica hatte fast aufgehört, sich darüber zu ärgern, daß Selmon mit dem selben Zug fuhr wie er. Es war inzwischen dreieinhalb Jahre her, daß er Selmon zum erstenmal am anderen Ende des Bahnsteigs der State Street Station im Fünf-Uhr-Nachmittags-Sonnenschein eines späten Septembertags hatte stehen sehen.

Es war ganz anders als im Winter, wenn der Wind, den man »den Falken« nannte, durch den Loop* fegte. Die Leute, die zwischen den beiden Männern standen, streckten den Kopf in die tief stehende Sonne und rangelten nicht darum, hintereinander auf dem erhöhten Bahnsteig Schutz zu suchen.

Ihre Blicke begegneten einander über eine Entfernung von ungefähr einem Dutzend Meter, und Selmons Kiefer klappte herunter. Erst als er die Reaktion des Fremden sah, wurde Mullica vollkommen bewußt, weshalb er ihm so bekannt vorgekommen war. Mullica beobachtete, wie sich ein Ausdruck völliger Niederlage auf Selmons Gesicht abzeichnete. Er stand da, etwas kleiner und rundlicher, als Mullica sich an ihn erinnerte, und hatte jetzt den Kopf gesenkt; der Mantel mit dem Fischgrätmuster war plötzlich zu groß für ihn, eine Aktentasche hing von seiner Hand, ein Exemplar der *Daily News* von der anderen. Er stieg nicht einmal

* Die Innenstadt Chicagos. – *Anm. d. Übers.*

in den Zug ein. Wie vom Blitz getroffen blieb er, wo er war. Das flach hereinfallende Sonnenlicht hüllte ihn ein, als er verloren auf den nächsten Zug wartete. Er sah nicht zum Fenster, als Mullica an ihm vorbeifuhr.

Aber am nächsten Abend stieg er ein und erst ein paar Haltestellen vor Mullica wieder aus. Die ganze Fahrt über starrte er mit steifen Schultern reglos nach vorne. Das wurde zur Gewohnheit. Selmon hielt so viele Wagen Abstand zu Mullica, wie er nur konnte. Er war fast jeden Abend dort, an dem auch Mullica dort war. Mullica ging mit leidlicher Regelmäßigkeit auf Geschäftsreisen. Er ging davon aus, daß Selmon das nicht tat, obwohl er anfangs in Flughafenterminals und Motels gewissenhaft hinter sich schaute. Aber Selmon tauchte niemals an einem anderen Ort auf und machte auch niemals Anstalten, ihn anzusprechen. Nach einer Weile beschloß Mullica, daß es dabei bleiben würde.

Nach und nach, indem er die Situation in der langsamen, geschulten Art, die er sich selbst beigebracht hatte, überdachte, fand Mullica sich mit ihr ab. Er ging davon aus, daß Selmon einfach eine Stelle in der Nähe angenommen hatte und daß sich alles weitere natürlich daraus ergab. Es war Zufall, daß Selmon in der Nähe von Mullica arbeitete und in derselben Stadt wie Mullica und seine Frau Margery wohnte.

Der Shoreview Express wickelte den Verkehr zwischen dem Nordufer des Michigansees und dem Loop ab. Nachdem er an allen Bahnhöfen des Loops gehalten und Shopper im Osten und Süden und Management-Typen im Westen und Norden aufgenommen hatte, fuhr er vom Merchandise Mart aus ohne Halt durch und stoppte erst wieder an der Loyola University. Er ratterte auf erhöhten Gleisen, die auf Trägern ruhten, über die schlimmsten Gegenden der North Side und setzte seine Fahrt unmerklich auf einem soliden Viadukt aus Erde durch die Arbeiterwohngebiete und anschließend die Wohngegenden der unteren Mittelklasse fort. Je weiter er nach Norden kam, desto ansehnlicher wurde die Umgebung und desto unpassender schien der heruntergekommene alte Zug aus genieteten Eisenwagen. Schließlich erreichte er bei der Howard Street das Ende Chicagos und fuhr als Bummelzug in das Gebiet Shoreviews, hielt an jeder Haltestelle und wirkte immer drolliger.

Der erste Halt in Shoreview war die Elm Shore Avenue in einer Gegend, die sich kaum von dem aus Backsteinen erbauten nördlichsten Teil Chicagos unterschied. Hier stieg Selmon aus. Mullica wohnte in einem weiß-gelben Hochhaus in der Nähe der Haltestelle Borrow Street, die der Zug über Weichen ratternd erreichte; die Stromsammlerschuhe schlugen Funken, die blitzend über die Lücken im dritten Gleissystem spritzten; nachts fuhr der Zug durch ein Gewitter aus violettem Feuer. Die nächste und letzte Haltestelle des Shoreview Express war in Wilmette, einer der vielen Gemeinden, in denen man beobachten konnte, wie die vor dem Krieg gemachten Vermögen in Reihen immer größerer Villen mit immer großzügigeren Gärten ihren Niederschlag gefunden hatten, die auf Kilometer hin das Seeufer säumten. Wer aus Wilmette oder von noch weiter draußen kam, fuhr für gewöhnlich mit der Art von Auto in die Stadt, die Männern ansteht, die erst nach neun in ihren Büros erscheinen, oder fuhr mit der North Western Rail Road, rauchte und spielte Bridge.

Mullicas Arbeitszeit in dem PR-Büro eines der großen Automobilhersteller Chicagos dauerte nominell von neun Uhr morgens bis fünf Uhr abends. Für gewöhnlich trudelte er gegen Viertel nach neun ein; auf diese Weise holte er sich ein paar Minuten von den Arbeitstagen im Außendienst zurück, die oft bis drei Uhr morgens dauerten. Er sah Selmon niemals am Morgen;

wahrscheinlich mußte der bereits um acht Uhr am Arbeitsplatz sein.

Jeden Abend auf dem Bahnsteig entfaltete Selmon seine Zeitung, sobald er durch das Drehkreuz war. Er las sie an seinem Ende des Bahnsteigs und hielt sie dabei vor das Gesicht. Mullica stand einfach an der Stelle, an der er immer gestanden hatte, Jahre bevor Selmon aufgetaucht war. Mullica las seine Zeitung immer erst im Zug, und wenn er fast damit durch war, sagte ihm das Echo vom Geräusch der Räder, daß der Zug den Viadukt hinter sich gelassen hatte und seine Fahrt zwischen den unkrautüberwucherten Wällen North Shoreviews fortsetzte. Dann faltete er seine Zeitung zusammen, erhob sich von dem verformten, abgenutzten Rohrsitz und stellte sich in den angeschlagenen, braunen Verbindungsgang zwischen zwei Wagen, um darauf zu warten, daß die abgeschliffenen Bremsen den Zug zum Halten brachten. Er stieg aus und ging die drei Blocks zu seiner Eigentumswohnung, begrüßte Margery, wenn sie zu Hause war, und genehmigte sich einen Drink, während er mit verschlossenem Gesichtsausdruck über den See blickte. Dann schraubte er seinen Füller auf und löste das Kreuzworträtsel, bevor er die Zeitung wegwarf. Er wünschte, Selmon würde sich an die Regeln halten und wegziehen, was Selmon aber nicht tat. Er arbeitete weiterhin irgendwo im Loop an irgend etwas und wohnte weiterhin irgendwo zwei Meilen südlich von ihm.

Ein Vorfall an einem frühen Abend im März

Mullica sah Selmon nie am Wochenende in Shoreview. Margery ging gerne zum Shopping in die großen Einkaufszentren in Old Orchard und Golf Mill; Mullica hatte eine Mitgliedskarte des Millionaires' Club, und manchmal saßen sie dort nach dem Einkaufen und nippten an einem Wein. Manchmal hatte Mullica dabei Gelegenheit, einfach nur über Margerys Schulter zu starren und über alles mögliche nachzudenken. Dabei dachte er gelegentlich an Selmon. Mullica fragte sich, ob er sich am Wochenende in seiner Wohnung versteckte und ob er eine Frau gefunden hatte, und, wenn das der Fall sein sollte, wie sie miteinander auskommen würden. Er fragte sich, ob Margery sie eines Tages zufällig treffen würde und sie sich zufällig so gut miteinander anfreunden würden, daß sie über ihre Ehemänner sprachen. Aber das erschien ihm wenig wahrscheinlich; Margery vertrug sich nicht mit Frauen.

Und dann war es früher März, zweiundvierzig Monate nach Selmons Auftauchen. Mullica stand auf dem Bahnsteig; er hatte die Hände tief in den Taschen vergraben. Es war ein kalter, unwirtlicher Tag. Er sah zu, wie Selmon hartnäckig seine Zeitung entfaltete und sie gegen den Wind aufhielt, während er zu lesen begann. Dann, gerade als der Zug in den Bahnhof einfuhr, sah Selmon etwas in der Zeitung, das ihn veranlaßte, den Kopf in Mullicas Richtung zu wenden. In der Dämmerung erschien Selmons Gesicht wie ein weißer Fleck. Es drückte Bestürzung aus; sein Mund war ein dunkles, offenes Oval, und für einen Augenblick glaubte Mullica, daß Selmon gespürt hatte, daß ein Blutgefäß in seinem Gehirn geborsten war.

Der Zug fuhr ein, und Mullica stieg in den üblichen Wagen. Er ging den Gang hinunter und setzte sich auf einen Sitz am Fenster. Er blickte auf Selmons Platz, als der Zug daran vorbeifuhr; dachte, daß er vielleicht Selmon zusammengekrümmt inmitten einer Menschenmenge liegen sehen würde, aber er war nicht dort.

Mullica legte die Aktentasche über die Knie und entfaltete die Zeitung. Er saß dort und las die Zeitung von hinten nach vorne, wie er es immer tat, während der Zug den Fluß zum Merchandise Mart überquerte. Er hörte mit dem Lesen auf, um den Fluß entlang nach Osten zu blicken, wie er es immer tat, zu jeder Jahreszeit, und das sich ändernde Licht auf den Gebäuden, dem Wasser und dem Horizont zu genießen. Die Gebäude am Flußufer verwandelten sich gerade in Schachteln, in denen sich das Licht niederließ. Das Glas in den oberen Stockwerken reflektierte die letzten absterbenden rosa Streifen des Sonnenuntergangs, und die Sterne begannen in dem purpurschwarzen Himmel über dem See zu erscheinen.

Auf Seite zwei fand er diesen Bericht:

Prä-Astronauten nicht ganz so vorzeitlich?
›Ding‹ in Jersey-Sumpf ist Untertasse, behauptet Experte

PHILADELPHIA, 9. MÄRZ (AP). Arbeiter haben bei der Entwässerung eines Sumpfs in New Jersey möglicherweise ein Raumschiff gefunden, erklärte der Wissenschaftler Allen Wolverton heute.

Die Behörden vor Ort dementierten unverzüglich, daß das Sumpfland, welches als Bauland erschlossen wird, irgendwelche Geheimnisse birgt.

Die lokalen Behörden gaben zu, daß ein kuppelförmiges Objekt aus Metall, mit einem Durchmesser von fünfzig Fuß, aus dem Küstenboden gezogen wurde, der dort trockengelegt wird. Sie wiesen aber sofort darauf hin, daß die Sümpfe auf eine lange Besiedlungsgeschichte zurückblickten. Die Sümpfe gelten als das letzte verbliebene ländliche Gebiet an der Ostküste zwischen Boston und Virginia.

Die Gegend ernährte während der Kolonialzeit als Zentrum der blühenden ›Sumpfeisenindustrie‹ eine wohlhabende Bevölkerung. Örtliche Experten verwiesen auf diese Industrie als wahrscheinlichste Erklärung für die Herkunft des Objekts und führten als mögliche Verwendungszwecke eine Art Maschine oder einen Lagerbehälter an.

»Es gab dort einmal ganze Städte und Postkutschenstationen«, sagte Henry Stemmler, der Betreiber eines Lebensmittelgeschäfts an einer nahen Kreuzung. »Große Verladehöfe für Gütertransporte und so weiter. Die Sümpfe sind voll mit allem möglichen alten Zeug.«

Dem widerspricht Allen Wolverton, Dozent am Franklin Planetarium in Philadelphia. »Unsere Erde ist nur einer unter Tausenden bewohnbaren Planeten«, erklärte er. »Statistisch gesehen muß unsere Galaxis andere intelligente Rassen beherbergen. Es wäre unvernünftig anzunehmen, daß nicht einmal eine davon uns besucht und heimlich unsere Entwicklung beobachtet: entweder zu einer aufgeklärten Gesellschaft des Friedens und der Liebe oder zur totalen Selbstzerstörung.«

Ein verschwommenes telegraphiertes Foto erstreckte sich über zwei Spalten. Es zeigte zwei Männer, die in irgendeinem Unterholz standen und ein gekrümmtes, aus dem Boden hervorragendes Gebilde anstarrten. Es waren keine Merkmale klar zu erkennen, und der Umriß des Objekts wurde dadurch verwischt, daß es mit der eckigen Form eines Schwimmbaggers im Hintergrund verschwamm. Das Ding hätte alles mögliche sein können – der Deckel eines großen Silos, Teil eines unterirdischen Öltanks oder das Ergebnis der Arbeit eines Retuscheurs. In der Tat war offenkundig, daß der Bildredakteur der Zeitung zum Schluß gekommen war, daß das telegraphierte Foto schlecht im Druck herauskommen würde, und er seinen Zeichner beauftragt hatte, die Umrisse nachzuzeichnen und die Flächen zu füllen. Das Resultat unterschied sich deshalb erheblich von der Realität.

Mullica las die anderen Artikel auf der Seite und der gegenüberliegenden Seite und blätterte um.

Es war Nacht geworden, als der Zug an der Borrow Street Station ankam – es herrschte vollkommene Dunkelheit, gegen die lediglich ein paar noch funktionierende Glühbirnen in abgeplatzten Emaillampen ankämpften und versuchten, den vom Winter durchnäßten, verrottenden alten Holzbahnsteig auszuleuchten.

Es geht alles zum Teufel, dachte Mullica. Niemand hält mehr irgend etwas in Stand, was nicht absolut lebenswichtig ist, aber der Fahrpreis geht immer weiter rauf.

Der Bahnhof war, außer während der morgendlichen Stoßzeit in Richtung Süden, unbesetzt. Die Zementstufen, die vom Bahnsteig zur Straße führten, glichen einer über ein Dutzend Meter langen Kiesrutsche, aus der die rostzerfressenen, gebrochenen Armierungsstangen herausragten. Die Stangen boten den besten Halt.

Mullica schloß sich den anderen Aussteigenden an und ging in Richtung der Ausgänge in der Mitte des Bahnsteigs. Sie hatten alle den Kopf gesenkt, kauerten sich zusammen, um sich vor dem Wind zu schützen, und konzentrierten sich darauf, durch das Drehkreuz des Tors zu kommen und einen gangbaren Weg die Treppe hinauf ausfindig zu machen. Und dann, weil er das Ganze nicht vollständig aus seinen Gedanken verbannen konnte und sich seine Haut unter den Körperhaaren spannte, überkam ihn das Gefühl, den Kopf umwenden zu müssen. Als er das tat, sah er Selmon, der noch an derselben Stelle stand, an der er ausgestiegen war, und seine Zeitung halb in Mullicas Richtung erhoben hatte. Seine Erscheinung wurde in kurzen Abständen von den Lichtern des abfahrenden Zuges erhellt. Mullica sah, daß er einen Namen rufen wollte, den keiner kannte.

Mullica hielt an. Die kleine Menschenmenge strömte ohne ihn zu beachten an ihm vorbei. Er ging zurück zu Selmon. »Sie werden uns finden!« platzte es aus Selmon heraus. »Sie werden uns aufspüren!«

Mullica sah ihn genau an. »Wie wollen sie das anstellen?« Er wählte die Worte sorgfältig und brachte sie in die richtige Reihenfolge. Die Sprache kam nur schwer von seinen Lippen. Er sah zu, wie Selmon krampfhaft ein- und ausatmete; sein Mund zitterte. Er sah, daß Selmon Jahre jünger war als er – obwohl er genauso alt war – und weich. Und dennoch war der Zerfall in ihm viel weiter fortgeschritten. Man konnte es an den Schultern sehen und an der Kopfhaltung und ganz besonders auch in den Augen. Selmon griff nach seinem Arm. Seine Hand bewegte sich schneller, als man erwartet hätte, aber langsam und unsicher für einen von ihnen.

»Arvan, es wird so kommen«, beharrte Selmon. »Sie ... sie haben Beweise.« Er streckte ihm die Zeitung entgegen. Mullica schenkte ihr keine Beachtung.

»Nein, Selmon«, sagte er so ruhig, wie er konnte. »Sie werden nicht wissen, was sie damit anfangen sollen. Sie können nichts daraus erfahren. Die Motoren sind geschmolzen, und wir haben die Instrumente eigenhändig zerstört, bevor wir es zurückgelassen haben, erinnerst du dich?«

»Aber sie haben die Hülle, Arvan! Echtes Metall, das man berühren kann; auf das man mit einem Hammer schlagen kann. Ein echtes Beweisstück. Wie können sie das einfach ignorieren?«

»Langsam, langsam. Ihre Ermittler lügen ständig ihre eigene Bevölkerung an und legen ihre Geheimnisse zu den Akten. Sie ziehen systematisch jeden ins Lächerliche, der nach uns suchen will, und verleumden ihn.« Mullica versuchte darüber nachzudenken, wie er mit der Situation umgehen sollte. Er wollte, daß Selmon zum menschenleeren Bahnsteig gegenüber ging und nach Hause zu seiner Frau fuhr. Mullica wollte nach Hause gehen; er wollte sich mit Margery zusammen einen Drink genehmigen und sich anschließend in sein Arbeitszimmer zurückziehen, um die technische Beschreibung des neuen Modells durchzugehen. Es war ungefähr fünfundzwanzig Jahre her, daß er Navigator gewesen war.

»Arvan, was sollen wir tun? Wie kannst du das ignorieren?« Selmon wollte Mullicas Unterarm nicht loslassen, und sein Griff war so fest wie der eines Epileptikers. Er spähte hinauf in Mullicas Gesicht. »Du bist alt, Arvan«, beschuldigte er ihn. »Du siehst aus wie einer von ihnen. Diese Frisur. Diese Kleider. Alles modisch. Ein Macho in den besten Jahren. Du wirst wie sie!«

»Ich lebe unter … ihnen.«

»Ich hätte schon vor Jahren mit dir sprechen sollen!«

»Du solltest überhaupt nicht mit mir sprechen. Warum bist du hier? Dir stehen die ganzen Vereinigten

Staaten offen. Wenn du einen Weg findest, über die Grenze zu kommen, steht dir die ganze Welt offen. Eine ganze Welt, wir sind nur eine Handvoll, und du lebst ausgerechnet hier!«

Selmon schüttelte den Kopf. »Ich war lange in Oakland. Dann traf ich auf der Straße Hanig. Er sagte mir auch, ich solle verschwinden.«

»Er hat mit dir gesprochen?« fragte Mullica schneidend.

»Er mußte es. Er ... er wollte, daß ich verschwinde. Er war nicht so lange in der Gegend gewesen wie ich, aber er hatte einen Laden und eine Familie, und ich war allein.«

»Eine Familie.«

»Er hat eine Witwe mit Kindern und einem Laden geheiratet – einem Fischgeschäft. Also willigte ich ein, die Stadt zu verlassen. Er gab mir etwas Geld, und ich ging nach Chicago.«

Nun, wenn Navigatoren PR-Texte schreiben konnten, dann konnten Copiloten auch Fisch verkaufen. Was fingen Maschinisten an, um sich auf dieser Welt durchzuschlagen? fragte sich Mullica, aber Selmon gab ihm keine Gelegenheit, zu fragen.

»Hanig hat Captain Ravashan gesehen. Im Vorbeigehen. Er glaubte nicht, daß Ravashan ihn gesehen hat. In Denver. Deshalb ist er von dort weg und nach San Francisco gegangen. Und ich kam nach Chicago, und – gleich in der ersten Woche sah ich dich. Ich ... ich glaube, wir sind uns zu ähnlich in unseren Reaktionen auf diese Welt. Wir ziehen an dieselben Orte und bewegen uns auf dieselbe Art und Weise.«

»Weiß irgend jemand, wo der Kaplan ist?« fragte Mullica schnell.

»Kaplan Joro?« fragte Selmon. Er und Mullica sahen einander an. »Nein, ich glaube, daran gibt es keinen großen Zweifel«, und für einen Augenblick herrschte absolutes Verstehen zwischen den beiden Männern. Mullica nickte. Über ein Vierteljahrhundert lang, erkannte er jetzt, hatte auch Selmon über die Sache nachgedacht. Es war ihm schon lange so vorgekommen, daß sie jetzt nur noch zu viert waren.

Selmon blickte müde zu ihm auf. »Es hat keinen Zweck, Arvan. Ich …« Er ließ den Kopf sinken. »Ich habe einen guten Job. Er ist nicht gut bezahlt, aber ich brauche nicht viel, und er ist sicher. Also entschied ich mich, zu bleiben. Du hast mich niemals darum gebeten, zu gehen.« Tränen standen in seinen Augen. »Ich bin sehr müde, Arvan«, flüsterte er, und Mullica sah die Schuld in ihm, die darauf wartete, bestraft zu werden.

Aber niemand konnte sagen, ob irgendein Maschinist das Problem mit dem Antrieb hätte lösen können. Mullica hatte nie viel von Selmon gehalten, aber Ditlo Ravashan hatte seine Fähigkeiten vor den anderen nie in Zweifel gezogen, und nach dem Absturz war es nicht zu Verleumdungen gekommen.

»Das hat nichts zu bedeuten, Selmon. Es wird ein wenig Aufregung geben, aber das wird vorübergehen. Irgend jemand wird eines dieser Bücher schreiben – wahrscheinlich dieser Dozent vom Planetarium –, und jeder, der über einen gesunden Menschenverstand verfügt, wird ihn auslachen.«

»Aber sie hatten noch niemals Beweise!« Er schlug Mullica beinahe mit der Zeitung, als er seinen freien Arm hin- und herschwenkte. »Jetzt haben sie welche!«

»Woher willst du wissen, was sie haben oder nicht haben? Sie müssen Beweise haben. Sie haben genügend Filme, und in ihrer Geschichte gibt es genügend Unerklärliches. Außerdem müssen sie andere verlorengegangene Ausrüstungstücke haben oder welche von Abstürzen. Sie wissen einfach nicht, was sie damit anfangen sollen. Und sie wissen auch nicht, wie sie hiermit umgehen sollen.«

»Arvan! Eine intakte Hülle und Instrumente, die offensichtlich nach der Landung zerstört wurden! Ein im Sumpf versenktes Schiff. Versenkt, Arvan – nicht in den Boden eingeschlagen. Und hinter einer offenen Luke fünf leere Mannschaftssessel!«

»Eine Hülle voller Schlamm. Wenn sie jemals alles herausschaufeln wollen, brauchen sie dafür Wochen ... und während all dieser Wochen wird ihre Bürokratie daran arbeiten, daß jedermann die Sache vergißt.«

»Arvan, ich verstehe dich nicht! Ist es dir egal?«

»Egal? Ich war Navigator zwischen den Sternen.«

»Und was bist du jetzt?«

»Was bist du, Selmon?« Mullica stieß ihn weg, aber Selmon hielt seinen Arm fest. Sie stolperten über den Bahnsteig.

»Arvan, wir müssen planen. Wir müssen die anderen finden und einen Plan ausarbeiten«, bettelte er ihn weinend an.

»Wir vier zusammen«, sagte Mullica. Es war das erste Mal, daß er die Zahl laut aussprach, und er hörte den harten und angewiderten Klang in seiner Stimme, der jetzt, da er sich wieder an das Sprechen gewöhnt hatte, tiefer in seiner Kehle weh tat. »Damit sie uns alle fassen können – eine komplette Mannschaft. Ein Ingenieur, ein Navigator, der die Kurse kennt, ein Pilot und ein Copilot, der gleichzeitig Spezialist für Lebenserhaltungssysteme ist. Dazu kommen die Hülle und ihre industrielle Leistungsfähigkeit. Du willst, daß wir zusammenkommen, damit sie uns finden und unkontrolliert in unsere Sphäre eindringen können.

Vier Männer, deren Handgelenke und Knöchel alle ähnlich seltsam angeordnet sind. Vier Männer mit ähnlicher Hautbeschaffenheit, mit hohem Blutdruck und einer normalen Körpertemperatur von 38 Grad

Celsius. Vier Männer, deren Zellstruktur, Blutgruppen und – aller Wahrscheinlichkeit nach – Chromosomenstruktur Hunderte von Eigenarten aufweisen. Vier solche Männer in einem Raum, die heimlich eine lebenswichtige Angelegenheit in einer unbekannten Sprache besprechen.«

»Arvan!«

»Verdammt, Selmon, laß mich los!« schrie Mullica auf Englisch. »Verpiß dich!«

Selmon schnellte rückwärts. Er starrte Mullica an, als hätte dieser ihm die Kehle durchgeschnitten, und als er zurückwich, stieß er Mullica von sich und sich selbst zurück. Sein Kiefer war wieder nach unten geklappt.

Hoffnungslos, es ist hoffnungslos, dachte Mullica, der versuchte, seine Balance zurückzugewinnen, damit er nach Selmon greifen konnte. Er sah Selmons verletzte Augen; sah, wie sich seine Zeitung in lächerlicher Manier entfaltete, wie er mit einem Bein in die Luft zurücktrat.

Er schlug mit einem keuchenden Aufschrei auf den Schienen auf. Mullica sprang nach vorne und blickte nach unten. Selmon lag ausgestreckt über den Schienen in dem öligen Matsch und dem kreosotfleckigen Schotter; die Bögen seiner Zeitung waren über den Schwellen verstreut. Er sah zu Mullica auf und schnappte nach Luft. Von der vorigen Station her näherten sich entlang der Schienen die entfernten Lichter und das violette Flackern des nächsten Zuges. Mullica bückte sich, um Selmon die Hand zu reichen. Selmon tastete umher, um sich aufzurichten, und starrte Mullica an. Keiner von beiden sagte etwas. Selmon tastete nach einem Halt, auf den er sich aufstützen konnte, und legte die Hand auf die dritte Schiene.

Der Blitz und der Knall, der sich wie ein Schuß anhörte, schleuderten Mullica der Länge nach auf den

Bahnsteig. Er war fast blind. Aber ich werde ihn immer noch jederzeit sehen können, dachte Mullica in seiner Muttersprache, als er auf die Füße schnellte und rannte; schneller rannte, als irgend jemand jemals Jack Mullica hatte rennen sehen; und er durch den Ausgang und die verwitterten Stufen hinauf stolperte und ihm klar wurde, daß er dabei seine Aktentasche festgehalten und gedacht hatte: Jetzt sind wir noch drei.

Abschrift eines Gesprächs zwischen Albert Camus und William Henshaw

CAMUS: Sie haben schon einmal bei einer von diesen zugesehen, nicht wahr?

HENSHAW: Denke schon. Wissen Sie, ich werde mich nie daran gewöhnen, wie kalt es an diesen Orten ist.

CAMUS: Mir ist die Kälte lieber als die Hitze. Sehen Sie, wenn Sie mir schon gestatten, Ihnen zu helfen, dann sprechen Sie mit mir, in Ordnung?

HENSHAW: Ich kann ein wenig erzählen. Und Sie können auf alles achtgeben, das Sie sehen. Kann Sie ja schlecht am Denken hindern.

CAMUS: Ich sehe, Sie wissen genau, wonach wir suchen.

HENSHAW: Sie sehen jemanden, der weiß, was er zu erwarten hat. Nach was wir suchen, ist vielleicht etwas ganz anderes.

CAMUS: Sie haben recht, Doktor.

HENSHAW: Reichen Sie mir doch bitte das Ding da drüben.

CAMUS: Wissen Sie, wenn ich ihm auf der Straße begegnete, würde ich kein zweites Mal hinschauen. Aber sehen Sie sich das an.

HENSHAW: Man sollte denken, dieser Kiefer käme von einem fehlerhaften Gebißschluß. Und diese Hautfarbe – wie sie ein ganz normaler Kaukasier mit seinem Sauerstoffmetabolismus hat, nicht wahr? Aber jetzt nehmen Sie mal ein paar von den Hautproben, legen Sie sie unter ein Mikroskop und …

CAMUS: Ja, das habe ich getan.

HENSHAW: Hatte ich mir gedacht. Deshalb habe ich Sie bleiben lassen. Macht jetzt auch keinen Unterschied mehr. Hier – sehen Sie das Handgelenk? Was halten Sie davon?

CAMUS: Ein dickes Handgelenk. Würde ich mir nie näher anschauen.

HENSHAW: Klar. Aber wenn wir das hier etwas zurückschlagen und …

CAMUS: Meine Güte!

HENSHAW: Richtig. Da haben Sie den proximalen Handwurzelknochen. Sehen Sie diesen Knochen hier? Den hat er an Stelle eines Kahnbeins. Die Blutversorgung ist auch prima gelöst. Erstens kann er ihn lange nicht so einfach brechen wie ein Mensch. Und zum zweiten, wenn er bricht, dann heilt er sauber und flott. Aber wie sollte er ihn brechen? Sehen Sie sich all die Puffer in der Knorpelstruktur an. Und ich kann Ihnen gleich sagen – alle Gelenke sind so ausgeführt. Diese Wesen bekommen keine Arthritis, sie verstauchen sich nicht die Knöchel und brechen sich nur alle Jubeljahre etwas. Dasselbe gilt für die Zähne:
Die hat noch nie ein Zahnarztbohrer berührt. Das war ein sehr, sehr gesunder Kerl.

CAMUS: Und das alles paßt immer noch in eine normale Gestalt, mehr oder weniger.

HENSHAW: Es paßt genau. Für das, was er ist, hat er eine normale Gestalt.

CAMUS: Was ist er?

HENSHAW: Wissen Sie, vor vielen Millionen Jahren gab es unten in Südamerika Tiere, die fast genau wie Kamele aussahen. Aber sie waren keine Säugetiere, sie waren Beuteltiere, und ihre Skelette waren völlig anders als die von Kamelen. Ich bin zu dem Museum, das es dort in Guayaquil gibt, gefahren und habe mir ein paar von den Knochen angesehen; sie sahen merkwürdiger aus als alles, was wir gerade vor uns liegen haben. Aber sobald sich die Muskulatur auf den Knochen befand und das Fell auf den Muskeln ... – wenn so ein Ding hinter einem Felsen hervorkommen würde, wäre es für uns ein Kamel. Sie hatten auch solche Tiger. Lebewesen entwickeln sich, um den Anforderungen der Ökologie zu genügen. Das Leben brauchte Kamele für die Wüsten in großen Höhen, und die Kamele brauchten Tiger, die Jagd auf sie machten. Die Zeit verging, und sie verschwanden. Heute haben sie dort unten Lamas und Guanakos und Jaguare, und wenn irgendein Mediziner, der selbst zu den Beuteltieren gehörte, sie auseinandernehmen müßte, würde er auch nicht schlecht staunen.

CAMUS: Dieser Kerl ist ein Säugetier.

HENSHAW: Hm, ja. Wenn man ihn in einen Regenmantel und Stiefel steckte, könnte er ohne aufzufallen mit den anderen Jungs der Kompanie das Gewehr präsentieren. Daran besteht kein Zweifel.

CAMUS: Was passiert jetzt, Doktor?

HENSHAW: Hat keinen Zweck mehr, hier weiterzumachen. Er ist eindeutig ein Säugetier. Und ich habe Gewebe- und Blutproben, die ich ins Labor zurückbringen muß. Ich mache mich also besser auf den Weg. Jemand wird in den nächsten Stunden vorbeikommen und ihn mitnehmen. Man wird Ihnen eine Quittung für ihn geben. Ich glaube nicht, daß irgendwelche trauernden Verwandten auftauchen werden. Wenn jemand kommen und nach ihm fragen sollte, dann schinden Sie Zeit und rufen Sie die Hotline an. Sie erhalten dann umgehend Hilfe.

CAMUS: Ich muß erst die Zustimmung des Leichenbeschauers einholen, bevor ich ihn Ihnen überlassen kann.

HENSHAW: Kein Problem. Ich habe einen Brief mitgebracht.

CAMUS: Und jetzt?

HENSHAW: Was meinen Sie?

CAMUS: Was muß ich unterschreiben? Was für einen Eid muß ich schwören?

HENSHAW: Mann, Sie werden doch nichts vermasseln. Sie haben hier eine prima Stelle, jede Menge guter Kontakte zur lokalen Politik, Familie, ein Haus ... das ganze gute Zeug.

CAMUS: Sie haben wahrscheinlich recht. In Ihrer Abteilung gibt es nicht zufällig eine offene Stelle?

HENSHAW: Meiner Abteilung?

CAMUS: Von welcher Organisation Sie auch immer kommen mögen.

HENSHAW: Ich bin wirklich vom NRPA, und mein medizinisches Talent genügt ihnen. Wissen Sie, Sachen wie diese passieren nicht jeden Tag. Außerdem würde man Sie nicht als qualifiziert betrachten. Tut mir leid.

CAMUS: Ich glaube, ich habe keinen von Ihren Artikeln gelesen, Doktor. Oder Sie bei Pathologiekongressen getroffen. Wo haben Sie Ihren Abschluß gemacht?

HENSHAW: In Iowa. An der Schule für Veterinärmedizin, Doktor.

Spätere Ereignisse einer Nacht im März

Es war eine schöne Eigentumswohnung: viereinhalb Zimmer mit hohen Decken, mit gold-, avocado- und persimonefarbenen Teppichen, französischen Landmöbeln von John M. Smythe, einem Patiobalkon mit gläsernen Schiebetüren und einem Tandberg Dolbykasettenrecorder, den er automatisch der Behaglichkeit wegen einschaltete. Barbra Streisand sang ›I'll Tell the Man in the Street‹.

Margery war nicht zu Hause. Mullica gab etwas Eis in ein Longdrinkglas, nahm die Scotchkaraffe und saß bei gelöschten Lichtern im Wohnzimmer. Er nippte an seinem Glas und blickte durch die Glastüren und über den schmiedeeisernen Balkon auf den See. Unterhalb seiner Blickrichtung waren die Spitzen der berühmten Ulmen von Shoreview, deren Knospen noch nicht aufgesprungen waren. Weiter unten am Seeufer, ganz zur Rechten, hoben sich die hohen, erleuchteten Laibungen des Gold-Coast-Hochhauskomplexes in Chicago ab.

Er atmete tief ein. Was wird geschehen? dachte er. Ich werde alles zusammensetzen. Er begann damit, systematisch die Ereignisse auf dem Bahnsteig der Borrow Street Station durchzugehen. Dann stellte er sich vor, wie ein Detektiv in einem Trenchcoat im Licht des gestoppten Fünf-Uhr-fünfzig-Zuges neben dem Leichnam kniete, der mit dem Gesicht nach unten auf den Gleisen lag. Mullica legte den Dialog in den Kopf des Detektivs, um zu hören, was er aus dem, was er dort sah, machen würde. Er lauschte sorgfältig. Die Eiswürfel drückten kalt gegen seine Oberlippe.

Der Detektiv sah, daß Selmon an einem Stromschlag gestorben war. Er sah nichts, was darauf hindeuten würde, daß der tote Mann einem Überfall zum Opfer gefallen war. Also war es eindeutig etwas, das ohne Verschulden eines anderen passiert war, ein Unfall oder ein Selbstmord, und es gab keinen Grund, eine Autopsie durchzuführen. Jetzt untersuchte der Detektiv die Taschen des Toten. Wenn er das bei Jack Mullica getan hätte, hätte er keinen Hinweis auf irgendwelche lang aufgegebenen Eisenhütten im Sumpf gefunden.

Selmons Identität würde nicht besonders fadenscheinig sein. Er würde eine Sozialversicherungskarte besitzen, damit er hatte arbeiten können, und wahrscheinlich einen Führerschein. Er hatte bestimmt ein Girokonto, denn es war fast unmöglich, ohne Führerschein Schecks auf der Stelle für Bargeld einzulösen, selbst wenn man niemals fuhr.

Jetzt ging der Detektiv zu Selmons Wohnung. Hier würde er ebenfalls nichts von irgendwelchem Belang finden. Außer, wenn Selmon immer noch Teile seiner Erste-Hilfe-Ausrüstung besaß und dumm genug war, sie am gleichen Ort aufzubewahren, an dem er wohnte. Aber nach mehr als fünfundzwanzig Jahren, was wäre schon übrig, ganz gleich, wie gesund er aussah? Nein, es würde nicht das Vorhandensein irgendeines Gegenstandes sein, was den Detektiv stören würde. Es würde das Fehlen sein. Keine Unterlagen über seinen Militärdienst, keine Schulzeugnisse.

Wäre das so wichtig? Es war lediglich eine Routineuntersuchung eines zufälligen Unfalls. Was, zum Teufel! Trotzdem, sie mochten neugierig werden und die Untersuchung weiter vorantreiben.

Barbra Streisand sang ›Who's Afraid of the Big Bad Wolf?‹ Mullica füllte sein Glas von neuem auf.

Wenn sie neugierig wären, wie lange würde ihre Neugierde anhalten? Selmon war weder erschossen noch ausgeraubt, noch hinter das Ohr geschlagen worden. Er war schließlich nicht mehr als ein perfekt angepaßter Bürger – von denen es Tausende geben mußte –, der sich von etwas in seiner Vergangenheit freigemacht hatte, das ihn vielleicht daran gehindert hatte, Arbeit zu finden. Es schien Mullica, daß in einer Gesellschaft, in der einem eine Marihuanarazzia auf der High School oder eine Mitgliedschaft bei den Roten auf dem College bis ins Grab verfolgen konnte, so etwas im großen Maßstab vorgehen mußte. Nachdem man erst einmal herausgefunden hatte, wie man Papiere mit einem neuen Namen bekommen konnte – Krimis waren voll mit funktionierenden Methoden zu diesem Zweck –, mußte man selten eine gründliche Untersuchung überstehen. Normalerweise wurde nicht die Identität überprüft, sondern nur die Kreditwürdigkeit der Identität.

Die Frau. Selmons Frau. Würde er es ihr gesagt haben? Würde er seiner Frau erzählt haben, daß er der Maschinist Selmon war und daß der Navigator Arvan ein paar Haltestellen weiter wohnte?

Nun, hatte Margery irgendeine Ahnung, daß Maschinist Selmon zusammen im Zug mit Navigator Arvan fuhr? Und wenn, konnte sie irgendein Gesicht mit einem der beiden Namen verbinden? Nein – Mullica schüttelte den Kopf –, es war Jack Mullica, über den Margery gefährliche Dinge wußte.

Barbra Streisand sang ›Soon It's Gonna Rain‹.

Mullica schluckte, und der kalte, süße Scotch ließ seinen Gaumen kribbeln. Er füllte sein Glas von neuem.

Draußen, hinter den Ulmen und den von Scheinwerfern beleuchteten, mit Streben durchzogenen Kugeln des Lindheimer-Observatoriums auf dem Seeufercampus der Northwestern University, standen Sterne, deren Namen er nicht kannte, in Sternbildern, die man ihm nie beigebracht hatte. Von seiner Position aus konnte Arvan sehen, daß die Schildjungfer so hoch aufgeschossen wie ein *Vogue*-Model war und daß die Pfoten des Brüllaffen ungeschickt lagen. All die Sonnen, die dort draußen leuchteten, hatten Namen und Katalognummern in den örtlichen astronomischen Tabellen, aber er hatte sie nie gelernt, mit Ausnahme des bißchens, das jeder wußte. Er kannte den Großen Bären, und er wußte, wie man den Stern finden konnte, den sie den Polarstern nannten. Aber die Einheimischen sollten nur kommen und ihm zu entwinden versuchen, wie sie die Heimat seiner Spezies finden konnten. Wenn sie jemals dafür gewahr genug werden sollten, dann mußten sie auch das Übersetzen lernen.

Jack Mullica merkte, daß er nur in den Nachthimmel blickte, wenn er sich in der Gewalt hatte.

Wer behauptete denn, daß es überhaupt eine Mrs. Selmon gab? Wäre ein verheirateter Selmon so einfach von Oakland weggezogen? Oh, Teufel, hatte er nicht sogar gesagt, daß er allein in Oakland gewesen war, nicht wahr, und der Selmon, der versuchte, sich auf den Bahnsteigen unsichtbar zu machen, schien nicht gerade der Typ zu sein, der sich hier zur Partnersuche aufmachen würde.

Komisch, wie sein Gehirn das wahrgenommen hatte und es doch nicht getan hatte. Mal ehrlich, es war nur die Tatsache gewesen, daß Mullica verheiratet war – ausgerechnet er! –, die seine Gedanken in diese Bahnen gelenkt hatte. Er konnte sich nicht vorstellen, wie einer von ihnen heiraten könnte, außer unter den ungewöhnlichsten Umständen. Sonderbar, was für Streiche das Gehirn einem spielen konnte … Oh, Mist! Eikmo war auch verheiratet! – Eikmo und seine Dame mit dem Fischladen – Mullica, was, zur Hölle, passiert nur mit deinem Gehirn? Aber wichtig war, daß sie wahrscheinlich aus der Sache heraus waren – Navigator Arvan und Hanig Eikmo und Ditlo Ravashan, alle drei. Ravashan, dachte er, wäre selbst in einem Tigerkäfig aus der Sache heraus.

Barbra Streisand sang ›Happy Days Are Here Again‹.

Trotzdem dachte er kurz daran, eine Kleinanzeige in den Zeitungen in Denver und San Francisco aufzugeben. »Olir Selmon R.I.P. Chicagoland. Alles okay, Dwuord Arvan.« Irgend so etwas.

Als er mit angenehm tauben Lippen und Nasenspitze etwas länger darüber nachdachte, wurde ihm klar, daß er mit den eigenen Gedanken spielte. Er versuchte lediglich, dem armen Schwein eine Todesanzeige zu geben, und keiner von ihnen konnte eine bekommen.

Er konnte eine Hochfrequenzantenne nach oben ausrichten und die Nachricht senden. Er mußte lediglich in ein Spezialgeschäft für Radioersatzteile gehen, die nötigen Geräte kaufen und versprechen, bei der FCC* eine Funklizenz zu beantragen. Und dann, wenn jemand seine Nachricht empfangen sollte, mochte es jemand von seinen Leuten sein, anstatt eines Methanatmers oder eines Einheimischen, der im Rahmen des hiesigen ›Raumfahrtprogramms‹ einen hiesigen Satelliten überwachte.

Nein, es würde jedem von ihnen so ergehen, jedem zu seiner Zeit, still und weit weg von zu Hause und in einem Land, das kaltblütigen Fremden gehörte.

Armes ungeschicktes Schwein. Absolvent der Ingenieurswissenschaften; meldete sich freiwillig zu Forschungsflügen; dem letzten Bericht zufolge lebten die

---

* Federal Communications Commission = Amerikanische Bundeskommission für das Nachrichtenwesen. – *Anm. d. Übers.*

Eltern noch; ursprünglich Bauernsohn – hatte keine Lust, Mist zu schaufeln, sollte man meinen –, und versuchte, Möglichkeiten zu finden, herauszukommen. Wenn man nicht auf einer der Akademien war, war die einzige Möglichkeit, es zum Offizier zu bringen und dann weiterbefördert zu werden, denselben Weg einzuschlagen, den alle eingeschlagen hatten. Und die Gehaltszulage machte wirklich einen Unterschied. Aber man hatte in den Briefen, die man vom modernen Hochglanzausbildungszentrum in der Stadt an den ländlichen kleinen Vorposten schickte, in dem man geboren war, nicht viel zu schreiben. Trotzdem hatten seine Eltern der Verleihungsfeier beigewohnt. Gleichmütige Leute mit schwieligen Händen; ihre Augen erschienen vom Podium aus feucht und voller Leben, als ihr Sohn in den brandneuen roten Kleidern mit den Zeugnissen in der Hand auf das Podium kam. Und jetzt war er ein Unfallopfer unter Wesen, die nicht einmal fähig waren, seinen Leichnam nach Hause zu schicken.

Nun, gönn dir noch einen Scotch, Jack Mullica, sagte er zu sich selbst und löschte die Lampe neben dem Sessel.

Margery kam gegen acht nach Hause. Sie war eine gutaussehende, schlanke, langbeinige Brünette mit spitzen Brüsten. Sie hatte gerade die Vierzig überschritten, was man aber nur an den grauen Strähnen, die in ihrem Haar schimmerten, erkennen konnte. Ihre Wangen schienen etwas gerötet und die Lippen angeschwollen. Sie entdeckte Mullica im Arbeitszimmer, wo er vor den Hochglanzfotos einer Modellreihe saß, die er vor sich auf dem Schreibtisch ausgebreitet hatte. Sein Glas stand neben den Fotos.

»Hallo. Hast du schon gegessen?« fragte sie.

»Ich habe mir etwas aufgetaut. Und du?«

»Ich glaube, ich mache mir einen Hamburger. Hast du in die Zeitung geguckt?«

»Hab sie ihm Zug gelesen.«

»Sie haben etwas in dem Sumpf gefunden in der Nähe von der Stelle, wo du zuerst aufgekreuzt bist.«

»Habe ich gesehen.« Er sah sie an und setzte ein verrücktes Grinsen auf. »In Ordnung, es ist ein Stück von einem UFO. Weißt du, Liebling, sobald ich aus dieser Außenhaut schlüpfe, wirst du erkennen, daß du dich in ein Wesen aus einem anderen Sonnensystem verliebt hast.«

Sie prustete. »O Gott.« Sie ging auf ihn zu und zerzauste sein Haar. »Weißt du, ich liebe dich«, sagte sie zärtlich. »Wirklich.« Sie zog eine Augenbraue hoch, dann blickte sie die Bilder auf dem Schreibtisch und das leere Stück Papier in der Schreibmaschine an. »Wird es spät werden?«

Er nickte. »Detroit bringt zur Jahresmitte hastig neue Modelle heraus. Motoren mit kleinem Hubraum, Schaltknüppel und hohem Übersetzungsverhältnis der Hinterachse. Sollen den Arabern das Fürchten lehren. Man kann kein Gepäck darin unterbringen, sie kommen keinen Berg hoch, aber der Verbrauch geht runter. Detroit will, daß wir bei der örtlichen Presse alle Register ziehen; ich muß mir einen Text für die Pressemitteilung aus den Fingern saugen und damit anfangen, eine Dienstreise zu einer Teststrecke zu planen. Bin gegen Mitternacht im Bett, schätze ich.«

»In Ordnung. Ich werde etwas fernsehen und dann schlafen gehen.«

»Gut.«

Sie blieb für einen Augenblick im Türrahmen stehen. »Wann findet die Pressekonferenz statt?«

»Bald. Muß so sein, wenn es noch im Sommer was nützen soll. Wird wahrscheinlich in Lake Geneva sein – im Playboy Hotel.« Er sah auf seine Hände. »Ich werde vier oder fünf Tage weg sein. Freitag bin ich fertig.« Er wartete.

Sie sagte: »Ich habe gefragt, weil Sally und ich darüber sprachen, zu dieser Ranch in Arizona zu fahren, von der sie immer erzählt. Wenn du sowieso nicht hier wärst, wäre es …«

»Ein günstiger Zeitpunkt dafür. Das ist wahr. Ich lasse es dich wissen, sobald wir einen festen Termin haben.«

Sie würde gut aussehen in engen Jeans und Westernhemd. Nicht so gut, wie sie als Twen ausgesehen haben mußte, aber es gab eine Grenze dafür, wie schnell das Schreiben von PR-Texten eine Ehefrau zum Ausleben von kostspieligen Gewohnheiten verhalf. Und es machte keinen Unterschied, wie gut sie in einer Freitagnacht in einem Zimmer des Playboy Hotels aussehen würde; nicht nach einer harten Arbeitswoche. »Gute Nacht. Wir sehen uns morgen früh«, sagte er.

»Nacht.« Als sie sich zum Gehen wandte, bemerkte er, daß der Unterrock unter ihrem maßgeschneiderten schwarzen Rock verdreht war und die Öse an der Spitze des Reißverschlusses über ihrem Nacken losgehakt war. Ihr glänzendes Haar hatte es beinahe verborgen.

Er hatte Margerys einzige Freundin, Sally, getroffen. Sie war in Ordnung – Leiterin eines Schreibpools, hatte einen gleichmütigen Blick und eine Stimme, als ob sie gerade vier Martinis gekippt hätte – und der Typ von Mensch, der sich für einen Gefallen immer erkenntlich erwies. Sally hatte jede Menge Bekannte, einen geschäftigen gesellschaftlichen Terminplan und eine Lebensplanung, die nicht so schwierig war, als daß Margery sie nicht mit einigen Alibianrufen bei Sallys verschiedenen Verlobten und guten Freunden decken konnte.

Er begann von neuem, technische Daten zusammenzusuchen, und machte sich auf einem Schreibblock Notizen. Bald darauf wandte er sich der Schreibmaschine zu und tippte: »Sportlich, aber sparsam zeichnet sich der aufregende neue XF-1000 GT durch den bewährten 240 C.I.D. Sechs-Zylinder-Milemiser-Reihenmotor mit …«

Womit? Mit dem simplen benzinsparenden Vergaser und der unausgeglichenen Mischungsverteilung im Einlaßkrümmer? Oder der Festkörperzündung auf dem Stand der Technik des Raumfahrtzeitalters, die den Motor als einziges am Laufen hielt, trotz all der Emissionsgrenzwerte, die die Leistungskurve versauten? Er runzelte die Stirn und entschied sich, die Elektronik vor den einzelnen Auspuff zu stellen; nachdem man dem Leser den Mund mit einem Wort wie Milemiser ausgefüllt hatte, brauchte man schnell etwas, das sexy klang.

Er arbeitete weiter. Er konzentrierte sich darauf, der Beste in Chicago zu sein. In seiner Sparte hatte der Name Jack Mullica einen guten Klang.

»Entworfen, um die Chicagoland-Familie mit einem Minimum an Benzinkosten selbst zum entferntesten Sommerreiseziel zu befördern, macht der XF-1000 GT keine Abstriche in seiner Komfortausstattung …«

Das Grundprinzip*

Wir holen keine Leute heraus. Das ist eine gute Taktik. Man muß davon ausgehen, daß das abgestürzte Fahrzeug aufgespürt wurde. Wenn ihm dann ein zweites folgt, verliert man wahrscheinlich beide. Es geschehen Dinge, durch die die Einheimischen Zeit verlieren – das Erdungsfeld setzt die Funkenzündungen ihrer Motoren außer Kraft und haut oft auch noch ihre Stromversorgung um. Aber wenn man dann einen draufsetzt und jede Menge zusätzlicher Technik gegen die Einheimischen gebraucht, um sie weiter zurückzuhalten, dann kann es passieren, daß sie im großen Maßstab gegen einen vorgehen.

Wenn man erst einmal so hart eingestiegen ist, kann man genausogut damit anfangen, bewaffnete Landungstrupps abzusetzen und Brückenköpfe, Garnisonen, Botschaften oder Besatzungsarmeen oder beides zu etablieren, und ehe man es sich versieht, wollen die Methanatmer den Jupiter für sich, um das ›Machtgleichgewicht aufrechtzuerhalten‹. Und wofür? Welche Macht?

Diese Leute haben uns außer ihrem Potential nichts zu bieten. Ja, eines Tages werden sie nützlich sein, und

---

* Von der Nacht an, in der Jack Mullica den XF-1000 GT-Text für die Pressemappe schrieb, schlief er schlecht und murmelte in sein Kissen. Einige klare Töne drangen hervor. Keiner von ihnen war für den durchschnittlichen Zuhörer verständlich.

deshalb lungern auch die Methanatmer hier weiter rum und füllen nachts ihre Tanks in den Sümpfen und verursachen drollige Lichter, wenn sie dabei nicht vorsichtig genug sind. Hier wird eines Tages ein hochzivilisiertes Fertigungszentrum entstehen, mit Fabriken überall im Asteroidengürtel und auf einigen der größeren natürlichen Satelliten wie dem Mond, auf dem es wirklich wichtige Anlagen geben wird. Frachter und Geschäftsleute werden kommen und gehen. Wenn man erst einmal diese Art von Verkehr hat, muß man schon fast eine Werft und einen echten Militärstützpunkt haben – der Mond würde sich auch dafür eignen –, um etwas Ordnung zu halten. Es fallen immer Wartungs- und Reparaturarbeiten an, und man muß vor Schmuggelware auf der Hut sein.

Ich muß immer daran denken, daß Cannabis fast überall wachsen würde; eine Schiffsladung würde einem in einem halben Dutzend Welten, die mir einfallen, ein Vermögen einbringen, und ich besitze nicht einmal eine kriminelle Phantasie. Aber in dem Augenblick, in dem so etwas losgeht, muß man sich der Regulierung des Handels und der Einwanderung und solchem Zeugs herumschlagen, und das bedeutet bewaffnete Fahrzeuge und Mannschaften. Das schreckt die Methanatmer auf, und es würde mich ebenfalls aufschrecken, wenn ich an ihrer Stelle wäre. Es ist nicht einfach, ein Schlachtschiff als ein Küstenwachboot zu tarnen und ein Regiment als ein Inspektionsteam. Und schon geht es wieder los. Als nächstes hat man zwei Flotten, die sich Auge in Auge gegenüberstehen. Und das ist hundsmiserabel; jedesmal, wenn man es den Berufsoffizieren erlaubt, es auf eine Machtprobe ankommen zu lassen, kommt es zu Kampfhandlungen, die ihr Prestige steigern. Und das bedeutet Trümmer.

Und das läßt noch außen vor, daß die Einheimischen

uns spitzkriegen und sich über uns ärgern. Ein Schrotwerfer mag einen nicht so elegant töten wie ein Laser, aber er tötet, und diese Einheimischen besitzen auch Laserwaffen. Sowie Atom- und Wasserstoffbomben, und ihren Willen, sie einzusetzen, haben sie bereits demonstriert.

Dann ist da noch die Tatsache, daß die taktische Position einer planetaren Streitmacht, die versucht, eine Landung aus dem All abzuwehren, zugleich hoffnungslos und unschlagbar ist. Solange man oben ist, können sie nicht viel ausrichten, aber sobald man mit der Landung beginnt, können sie alles mögliche Zeugs auf einen werfen. Und das aus viel zu vielen Positionen, als daß man sie ausschalten könnte. Wenn man weiter landet, werfen sie mehr. Nach kurzer Zeit kann man auf dem Ding, auf dem man zu landen versucht, nicht mehr leben. Es nützt ihnen auch nichts mehr, aber man hat trotzdem nicht seine Pläne verwirklicht.

Dasselbe gilt, wenn man versucht, ihre militärischen Mittel vorher zu zerstören. Ungefähr zur selben Zeit, wie ihre industriellen Reserven es wert sein mögen, übernommen zu werden, besitzen die Einheimischen im allgemeinen ein weitläufig zerstreutes und gesichertes Waffenarsenal. Das ist eine ansehnliche Feuerkraft, und man braucht viel mehr Tonnen eigener Feuerkraft, um eine der ihren zu eliminieren. Und wenn wir es uns leisten könnten, soviel Feuerkraft auf den Arsch der Welt zu richten, dann bräuchten wir ihre verfluchte Industrie sowieso nicht.

Also schießen wir nicht. Bleiben zwei Alternativen. Eine ist, sie zu vergiften – radioaktive Materialien mit kurzer Halbwertszeit oder biologische Waffen. Wäre drin, die Waffensysteme kann man problemlos abfeuern. Dann hat man eine Menge Grundbesitz, mit Platz für die Beerdigung eines ganzen Ökosystems, inklusive des Managements und der Arbeiterschaft, die die

Produkte der Fabriken hätten kaufen sollen. Die ganzen Anstrengungen haben einem etwas eingebracht, das sich zusehends in eine planetenumspannende Wüste verwandelt. Besten Dank. Und zumindest ich würde immer über die Schulter blicken und Stimmen hören.

Wirklich, die einzige Wahl, die uns bleibt, ist die, die wir treffen. Man treibt sich so unauffällig wie möglich herum und lernt soviel wie möglich, indem man ihnen zuhört, ihre Elektronik anschaut und so weiter. Man kann sich eine Menge aus unmittelbarer Beobachtung und Schlußfolgerungen aneignen. Jede intelligente Spezies, zu der man eines Tages gute Beziehungen unterhalten will, muß im wesentlichen denselben Entwicklungslinien folgen und muß sich mit denselben physikalischen Gesetzen des Universums in etwa auf dieselbe Art herumschlagen. Also hält man sich über sie auf dem laufenden, bis sie herauskommen und einem begegnen. Dann kann man sich sofort hinsetzen und alles lösen, kann die Verträge ausarbeiten.

Wenn sie Methan atmen, ist das natürlich etwas anderes. Das ist dann eine rein geschäftliche Angelegenheit; da drückt man sich nicht zusammen nach der Arbeit rum. Wenn sie menschenähnlich sind, ist das wieder etwas anderes. Willkommen, Brüder, in der Familie des raumfahrenden, sauerstoffatmenden, ehrgeizigen, intelligenten Lebens. Obwohl ich zugebe, daß das eher zutrifft, wenn uns bei eurem Anblick nicht übel wird. Man sollte auch nicht außer acht lassen, daß es – wie man sagt – eine Menge Beweise dafür gibt, daß sowohl die Methanatmer wie auch wir Spuren anderer Rassen gefunden haben, die in unserer Ecke der Galaxis herumschnüffeln. Unter diesen Umständen will jeder zu jedem, der das zuläßt, so freundlich und sachlich wie möglich sein. Könnte sich komisch anfühlen zu versuchen, sein eigenes Ding durchzuziehen, während irgend etwas wirklich Exotisches deine Rückwand untergräbt.

Wir holen also keine Leute heraus. Wenn das zuviel Lärm macht, würde es zu viele zukünftige Übereinkommen über den Haufen werfen. Wir sind eine ziemlich selbstbewußte Art von Tier, und außerdem nehmen wir unseren Diensteid ernst. Wir wußten alle, bevor man uns berufen hat, über die möglichen Konsequenzen Bescheid. Und außerdem geht fast nie etwas schief.

Über den Kaplan

Nun, manchmal passieren katastrophale Pannen. Man arbeitet mit einem Antriebssystem, das ruckzuck mit dem Magnetfeld eines Planeten querkommen kann, wenn drunten bei den Rektifizier- und Sorkinfelkers im Mome-Verteiler nicht alles in Ordnung ist, und die üblichste Panne resultiert in einem Hochgeschwindigkeitsfeuerball, der sich auflöst, bevor er auf dem Boden aufschlägt.

Es gab einen Skandal deswegen; irgendein Hanswurst genehmigte eine Konstruktion, die billiger war und weniger Treibstoff verbrauchte und die, wie sich herausstellte, eine nahezu unfehlbare Zeitbombe darstellte. Die Konstruktion verursachte eine Riesenschau über dem Südwesten der Vereinigten Staaten, über die man dort immer noch spricht. Sie behaupteten später, sie hätten die Mucken durch ein paar Modifikationen abgestellt, aber einmal, als ich mitten in der Nacht den Merritt Parkway in Connecticut entlangfuhr, sah ich, wie eines von ihnen hochging – leuchtend und gleißend grün, wegen des Kupfers in der Legierung der Hülle, das mit der Luft reagierte. Ich glaube, sie sollten besser eine neue Reihe von Modifikationen in Auftrag geben.

Aber ab und zu kommt man eben in Schwierigkeiten, und das ist uns passiert. Anstatt daß die Energie uns bei geregelter Geschwindigkeit in der Luft hielt, blieb sie im System gefangen, und alles wurde weich und fing an zu tropfen, und es wurde ganz schön warm in der Kabine.

Ravashan brummte etwas und begann, Knöpfe zu drücken. Hanig drehte die Kabinenkühler hoch und checkte seine Seite der Instrumententafel ab. Ich schnappte das Mikrophon und schrie Selmon an, er solle sich beeilen und die Luke des Backbordschotts schließen und nicht versuchen, zur Steuerung im Maschinenraum zu gelangen. Er versengte sich die Hände an der Lukenkimming; wie hätte er die Maschinen bedienen sollen? Mit Topflappen? Ein Haufen Zeugs donnerte und sprühte aus dem gleißenden Licht hinter der Luke hervor, bevor er sie schließen konnte, und ich sendete den Standardnotruf.

Man hat es uns eingedrillt – das ganze Verfahren. Außer Ravashan, der die Wahl hatte, entweder die Maschinen abzuwürgen oder zu versuchen, genug Energie aus ihnen herauszubekommen, um dieses Biest zu landen, hatte keiner von uns die Möglichkeit, irgend etwas zu tun. Außer dem Kaplan. Er starrte mir entsetzt in die Augen, als er versuchte, mit der Tatsache klarzukommen, daß die halbgeschmolzene Reihe von Transformatoren, die aus dem Maschinenraum hereingeschleudert worden war, ihn in den Unterleib getroffen hatte. Aber keiner von uns hatte die Möglichkeit, ihm zu helfen.

Ich meldete fünf Mann und einen Aufklärer mit ernsten Antriebsproblemen über der Ostküste der USA; warf einen Blick auf die Temperaturanzeige des Antriebs und fügte hinzu, daß wir nicht damit rechneten, die Kontrolle wiederzuerlangen; gab die Höhe, den gegenwärtigen Kurs und die Geschwindigkeit durch; meldete ein verletztes Mannschaftsmitglied und keinen feststellbaren einheimischen Verkehr; sah, daß Ravashan uns in Richtung eines schwarzen Abschnitts im endlosen Lichtband der Küste steuerte; meldete, daß wir versuchten, in einer der vorgesehenen Notlandungszonen niederzugehen, gab ihren Codenamen durch; und bereite mich darauf vor, die Radieschen von unten zu sehen.

Selmon war damit fertig, gegen die Lukenklammern zu hämmern, warf sich in seinen Sessel und blies ohne hinzusehen über seine Hände, während er über Ravashans Schultern nach vorne starrte. Ich langte zu ihm hinüber und befestigte die Aufprallgurte für ihn und schwenkte unsere beiden Sessel in den Dreiviertelwinkel, den die Handbücher für den Fall einer Notlandung vorschreiben. Er und ich waren die beiden Zuschauer. Der Kaplan ächzte über seinem Schoß, aus dem für einen Augenblick puffende Flammenkügelchen und Rußwirbel aufstiegen, bevor er den Kippschalter in der Lehne erreichte, der den Feuerlöscher auslöste. Dann war er in einen durch Druckluft gebildeten Schaumkokon aus gelblich-weißem Gel gehüllt. Er sah aus wie ein Monster, als er sich in seinem Kokon gegen die Gurte krümmte.

Selmon und ich sahen Ravashan und Eikmo bei der Arbeit zu. Ich war immer der Ansicht gewesen, daß sie für frischgebackene Offiziere ziemlich gut waren. Aber ich hatte noch nie zugesehen, wenn sie um ihr Leben arbeiteten. Ihre Fingerspitzen führten ein Ballett auf den Steuerinstrumenten auf – einmal klatschte Ravashan, ohne sich aus dem Takt bringen zu lassen, Hanigs Hand von einem Schalter weg, und dann, einen Augenblick später, packte er das Handgelenk des Copiloten und leitete die Hand zurück zu demselben Schalter – in dem Moment wußte ich, daß wir überleben würden.

Trotz des Rauchs und des Gestanks, der Alarmsirene und des wilden Gierens des Bootes blieb mir genug Zeit, das für einen Moment zu bereuen. Wenn man jung ist und plötzlich diesen riesigen Klotz Zeit vor sich hat, den man füllen muß, gewinnen drastische Lösungen eine gewisse Anziehungskraft. Aber das ist ein flüchtiges Gefühl, daß nur im rationalen Teil des Gehirns auftaucht; das Tier will leben.

Dann beginnt man sich zu sorgen, daß man auf irgendeine Art und Weise schwer verletzt wird. Die Möglichkeiten der Überlebensausrüstung haben ihre Grenzen. Dummerweise galt das, soweit wir wußten, ebenso für die Medizin der einheimischen Kultur. Sie wußten, wie man eine Blutvergiftung vermeidet, wie man gebrochene Knochen richtet und beschädigte Organe umgeht. Immunologie und Antibiose waren ihnen ebenfalls bekannt. Das faßte es ungefähr schon zusammen. Sie konnten zerstörte Organe nicht regenerieren, und alles, was sie gegen Verletzungen der Bewegungsnerven – zum Beispiel eine durchtrennte Wirbelsäule – tun konnten, war, es einem so bequem wie möglich zu machen.

Aber das waren sowieso nur Phantasien. Das Gehirn gibt einem diese Sorgen, um einem dabei zu helfen, die Möglichkeit eines sofortigen Todes zu ignorieren; es war ein Versuch, sich selbst Trost zu spenden.

Und dann fiel mir ein, daß einer von uns wirklich verkrüppelt war.

Was ich dachte, machte keinen Unterschied. Ravashan setzte uns fast so sanft wie der Kuß eines Babys auf; er rutschte seitwärts über eine Gruppe von kümmerlichen Kiefern weg, nutzte das Kissen, das weitere dicke Büsche boten, um noch weiter Geschwindigkeit abzubauen, und glitt dann in eine seichte, von Büschen gesäumte Wasserfläche. Wir hüpften einmal hoch, es krachte und trommelte im Boot, und landeten kieloben im Schlamm. Pflanzenteile und eine zerquetschte Schildkröte schäumten über das Sichtfenster. Das Boot wirbelte in konzentrischen Spiralen umher, warf ein letztes Mal eine große Welle flüssigen Schlamms in die

Luft und kam schließlich zum Stehen. Der Radarhöhenmeter machte weiter ka-blip … ka-blip … kablip, bis Hanig Eikmo seufzte und ihn abstellte. Die Mannschaftszelle hatte wie annonciert ihren Chrashtest überstanden. »Nun, Gentlemen«, sagte Ravashan mit einem amerikanischen Akzent, den ich damals für ziemlich überzeugend hielt, »willkommen in Ihrem neuen Zuhause.«

In einer solchen Situation kommt es auf Schnelligkeit an.

Notlandungszonen werden im voraus ausgewählt und sind nach der sogenannten Min-Zeit codiert: einem vom Computer berechneten optimalen durchschnittlichen Zeitraum, den eine Gruppe Einheimischer von gefährlicher Größe benötigen würde, um zum Aufschlagpunkt zu gelangen. Die gefährliche Größe wird nach Zahlen – drei – und nach Bedeutung definiert; ein Vollzugsbeamter, also eine Person in beliebiger Uniform, zählt so viel wie drei Zivilisten. Man muß davon ausgehen, daß, wenn man nicht zügig handelt, eine Dreiergruppe in der Lage ist, Verstärkung zu benachrichtigen, und gleichzeitig genug Ärger machen kann, um die abgestürzte Mannschaft abzulenken.

Und man mußte noch weitere Faktoren berücksichtigen. Es gab eine Menge Flugverkehr in dem Gebiet, auch wenn die Flugbewegungen hin und zu den Flughäfen Friendship und Dulles gerade erst ihren Anfang nahmen und selbst der Flughafen, den sie damals Idlewild nannten, brandneu war. Sie hatten ein ansehnliches Flugüberwachungssystem, das zum größten Teil auf Radar beruhte, und dann waren da noch die Luftwaffenstützpunkte bei Atlantic City und in der Nähe von Floyd Bennett und Mitchell auf Long Island. Ich glaube, der Stützpunkt McGuire hat damals noch nicht existiert.

Es war noch nicht so, wie es ein paar Jahre später kommen würde, als das SAC und NORAD* voll ausgebaut waren, aber die Überwachung reichte aus; sie hatten uns bestimmt gesehen. Sie sehen uns fast immer – unsere Radarempfänger zeigen es uns an –, aber alle ihre Systeme sind dazu entworfen, auf Luft angewiesene Flugzeuge oder ballistische Raketen aufzuspüren, und unsere Flugmanöver lassen uns in einer Art und Weise über ihre Schirme huschen, die sie nicht wirklich deuten können. Trotzdem, in diesem Fall war die Frage, wie weit hinunter sie uns hatten folgen können, bevor die Bodenreflexion ihre Radargeräte durcheinandergebracht hatte, und wie lange sie brauchen würden, um eine Suche zu organisieren, nachdem sie zum Schluß gekommen waren, daß es sich diesmal lohnen könnte.

Die Min-Zeit war auf jeden Fall knapp. Wir zerschmolzen unsere Steuerungen wie die Verrückten, verdampften unsere Karten und unsere Datenbank, zerlegten die Baugruppen auf der Außenhülle, untergruben die Hülle mit den auf Notfallüberlast justierten Lasern und warfen sie in den Sumpf, als sie zu heiß wurden. Sie gingen wie kleine Wasserbomben hoch, zerbrachen, als der thermische Schock durch das kalte Wasser einsetzte.

Das stand ebenfalls im Handbuch, und es klappte phantastisch. Vier von uns standen auf einer Art Lehmdeich, von dem aus man einen Preiselbeersumpf überblickte. Wir besaßen lediglich unsere eisernen Rationen, unsere Überlebensausrüstung, unsere Drilichoveralls und den Schweiß auf unseren Gesichtern. Die Waffen waren nur noch verstreute Kristallstücke,

---

* Strategic Air Command und North American Air Defense Command. Die im Kalten Krieg errichteten Überwachungssysteme der USA. – *Anm. d. Übers.*

Aluminiumhydroxid und Kupfersulfat. Die Druckhülle war sieben Meter unter Wasser und bereits mit Schlamm vollgelaufen.

Die Sterne glänzten über einer glatten Wasserfläche und vier nassen, schlammverschmierten Männern voller Adrenalin und Unkenntnis.

Auf dem Kamm des Deichs lag der Kaplan schweigend auf dem Rücken. Bei dem Versuch, seine Verletzungen auszuloten, hatten wir das Gel abgeschält und es ins Wasser geworfen, damit es sich auflöste. Ravashan hatte ihm ein paar Schmerztabletten gegeben – nicht zu viele – und hatte einen Teil des halb-geschmolzenen Overalls unterhalb der Hüfte weggeschnitten. Aber eine Menge davon war mit den Muskeln und Sehnen verschmolzen. Ich weiß noch, wie seine Füße ständig zuckten und die Fersen gegen den Boden trommelten.

Ich starrte in Ravashans Gesicht. Ravashan erwiderte meinen Blick und sah Selmon und Eikmo an. »Ich nehme ihn mit mir«, sagte er.

Ich sah Selmons und Eikmos Mienen. Wie weit und wie lange konnte selbst Ditlo Ravashan ein totes Gewicht tragen?

Aber jetzt mußten wir es schon nicht tun.

Der Kaplan lag da; seine Lippen bewegten sich. Sein Name war Inava Joro, und er war ungefähr so alt wie mein Vater. Er hatte sich seiner Aufgabe während der langen Stunden und Tage des Fluges immer gestellt, hatte sein Bestes getan, um die Spannungen abzumildern, die sich zwischen aggressiven, ängstlichen und scharf gemachten jungen Männern aufbauen, die man Ellbogen an Ellbogen in einem Rumpf eingesperrt hatte, der unfreundlichen Gestaden entgegenwirbelte. Man kann unserer Art von Mannschaft keine Frau, nicht einmal vier Frauen zuteilen. Man hat es versucht, und das Ganze verwandelte sich in einen Zoo. Und danach in ein Irrenhaus. Also geben sie irgendeine Kleinigkeit ins Essen und einen Kaplan als eine Art Schiedsrichter mit aufs Schiff: ein unbeteiligter Dritter unter der Mannschaft; einer, der redet und zuhört und niemals ganz dazugehört.

Ich konnte nicht hören, was er vielleicht sich selbst sagen mochte. Ravashan sagte: »Nun, Navigator?« Uns ging die Min-Zeit aus.

Ich warf zum letzten Mal in meiner amtlichen Eigenschaft einen Blick auf die Sterne. Die Einheimischen tun sich schwer, zu verstehen, daß die Sternbilder aus Sternen bestehen, die im allgemeinen so weit entfernt sind, daß der Sternenhimmel auf den Planeten, die wir oder die Methanatmer kennen, bis auf ein paar Verzerrungen fast gleich, aber verkehrt, aussieht. Während eines Fluges hat man natürlich, sobald man C-Geschwindigkeit überschreitet, Tachyoneninversioneffekte, weshalb die Sternbilder für einen Navigatoren nur von akademischem Interesse sind, bis er in die Nähe eines Schmutzballs kommt. Aber ich wußte genug, um mit dem Daumen über die Schulter zu zeigen. »Dort liegt Westen«, sagte ich. Wir wünschten einander ›Viel Glück‹ in unserer Muttersprache und zerstreuten uns. Jeder von uns murmelte dem Kaplan etwas zu, als wir uns abwandten. Ravashan war in die Knie gegangen, um ihn aufzuheben.

Der Ablauf war uns fest eingedrillt worden. Eine Mannschaft mußte soviel wie möglich von ihrem Fahrzeug zerstören und den Rest verbergen. Die vollständige Zerstörung war nur durch die Verbindung zweier bestimmter Maschinen möglich, was vereitelt worden war, aber wir hatten genug getan. Dann, nachdem man das Schiff versteckt hat, nimmt man keine anderen Artefakte außer der Verpflegung und der Überlebensausrüstung mit, die so ausgeführt sind, daß sie so aussehen wie die verpackten Waren der Einheimischen. Auf unserer Mission stand Nestle und Burden auf der Verpackung unserer Nahrung, und die Überlebensausrüstung war in einer blauweißen Schachtel, auf der Johnson & Johnson stand. Allerdings hatte man das Kleingedruckte weggelassen, und sie waren keine exakten Duplikate von Waren, die man in einem Laden sieht. Und dann zerstreut man sich und unternimmt alles, was man kann, damit man nie wieder mit einem anderen Angehörigen der eigenen Spezies gesehen wird.

Ravashan legte den Kaplan über die Schulter und ging in östliche Richtung. Der Kopf des Kaplans baumelte herunter. Dann erhob er ihn kurz und bewegte einen Arm, als ob er winkte.

Eikmo, Selmon und ich schwärmten aus, die Winkel unserer vier getrennten Wege liefen auseinander; der ganze nächtliche Kontinent lag vor uns. Ich hielt mich im großen und ganzen nach Westen, und bald konnte ich niemanden mehr hören. Ich hörte die Geräusche des Waldes, die ich als normal einschätzte, und meinen Atem.

Man geht allein. Wenn einem die Einheimischen auf die Schliche kommen, wird man verhört und vielleicht viviseziert. Das würde den Plänen, weiter über das eigene Leben zu bestimmen – sollte man solche haben –, hinderlich sein. Allein kann man wahrscheinlich als ein etwas schräger Einheimischer durchgehen; in der Gruppe zieht man die Aufmerksamkeit auf die kleinen Eigenheiten, die sonst niemand beachtet hätte. Es entspricht also nur dem gesunden Menschenverstand, und es ist auch Teil des Diensteids.

Dann ist da noch das Katalysatorphänomen. Beim Aufklärungsdienst hat man meistens mit Einheimischen zu tun, die gerade kurz davor stehen, über ihren Planeten hinauszugreifen. Es ist im Bereich des Möglichen, daß man ihnen zu Technik verhilft, die sie kopieren können. Nehmen wir mal an, ein Einheimischer kriegt die Prinzipien heraus, die einem der Artefakte, die er aus deinem Wissen zieht, zugrunde liegen. Vielleicht hat er noch ein paar eigene Ideen, welche er dem Gelernten hinzufügt. Dann kommt er mit einer einzigartigen Entwicklung daher, auf welche die eigenen Leute nie gekommen sind. So etwas kann einen genau zwischen den Augen erwischen, oder, falls sie damit anfangen, Schiffe zu bauen, die schneller als C sind, genau im Heim der geliebten Familie.

Im großen und ganzen würde es mehr Sinn machen, wenn die Streitkräfte die schlichte Anweisung gäben, auf eine solche Art und Weise Selbstmord zu begehen, daß sich alles auflöst. Wenn man etwas darüber nachdenkt, liegen sie schon so nahe dran, wie sie können. Aber wenn sie den Befehl gäben, wer würde dann noch anheuern? Wer würde sich für die Aufklärungsjobs melden? Also weisen sie uns genau ein, drillen uns die Richtlinien ein und hoffen zweifellos sehr auf das, auf was man auch immer hoffen mag, wenn man für die großen Zusammenhänge verantwortlich ist.

Und man hat natürlich immer die Hoffnung, die eigene Lage zu überdauern – daß eines Tages, wenn die Verträge unterzeichnet werden, auf dem Platz der Vereinten Nationen oder dem Roten Platz oder auf dem großen Grundstück in Peking, oder wo auch immer … hm … Peking wäre ungünstig, wenn man keine Mongolenfalte hätte, und die meisten von uns haben keine … jedenfalls wären da plötzlich diese zwei oder drei Individuen in der Zuschauermenge, die sich nach vorn drängten und begännen, in ihrer Muttersprache zu sprechen.

Aber das ist keine realistische Hoffnung. Wir erwerben nicht gerade jedes Jahr neue Planeten; das ist zeit meines Lebens nicht passiert, und es schien mir am Wendepunkt zu den Fünfzigern, daß gerade diese Leute hier sich nur verflucht langsam qualifizierten.

Mondraketen zählen nicht. Das ist alles bloße Chemie; als ob man sich selbst mit einer Kanone abfeuert. Die Zuschauer im Zirkus applaudieren, aber es bleibt nur eine Zirkusnummer. Natürlich sind Neil Armstrong und seine Kollegen viel mutiger, als ich es bin. Das müssen sie auch sein, um es in diesen Kisten zu riskieren. Aber keiner von uns – nicht einmal der arme, einsame Selmon, der tatsächlich eine Ahnung davon hatte, was in einem Raumschiffsantrieb vor sich geht – würde ihnen dabei helfen.

Ich nehme an, daß es hier früher anders gewesen ist, wenn eine Entdeckermannschaft in einen Ort schlitterte, der noch Hunderte Generationen bis zur Reife benötigte. Es ist gegen die Richtlinien, und es wird in der amtlichen Geschichtsschreibung nicht zugegeben, aber jeder weiß, daß unter solchen Umständen einiges an Mätzchen gemacht wird. Die einzigen, die als Entdecker geeignet sind, sind diejenigen, die sich andernfalls an den Vorschriften und Zwängen der Zivilisation wundreiben würden. Deshalb können sie ohne Ziel herumfliegen, in der Hoffnung, nützliche Planeten zu finden, bevor sie in ein Schwarzes Loch stolpern oder die Bordtoiletten in den Rückwärtsgang schalten. Die Prämie für die Entdeckung einer in Frage kommenden Welt ist groß genug, daß sie für die meisten ungebundenen Lebensstile ausreicht, aber in manchen Fällen muß man einfach versucht sein, zu bleiben und den Wilden etwas vorzuzaubern.

Was soll's. Es muß Spaß machen, ein Gott zu sein, und es richtet keinen großen Schaden an, ein paar simple Tricks vor einer bewundernden Menge in einer schlichten Ecke der Welt herunterzurasseln. Wird sie vielleicht ein paar Sprossen hochbefördern, obwohl es erstaunlich ist, wie schwer Beschränktheit auszurotten ist. Wenn man es taktvoll anfängt, mag es ihnen nur gut bekommen, wenn man ein paar kluge Fingerzeige ausstreut. Aber wenn ich die einheimischen Bücher richtig deute, sind einige von den frühen Jungs etwas außer Kontrolle geraten. Ich denke, sie haben die Bullen auf sich gezogen und wurden einer Behandlung unterzogen, mit der sie nicht gerechnet hatten. Und es ist jetzt anders; diese Leute stehen wirklich an der Schwelle, und wenn ich an so einer entscheidenden Stelle etwas vermasselte, würde man meinen Namen in Büchern finden, und zwar an Stellen, wo ihn meine Familie und die Freunde meiner Familie ihn ohne weiteres finden könnten. Hätte keinen Zweck, wenn ich auf diese Art nach Hause käme.

Also gingen wir getrennte Wege. Ich folgte anfangs dem Deich und versuchte meine Füße so gut ich konnte im Sternenlicht aufzusetzen. Der Deich und das Sumpfgebiet gingen langsam in ansteigenden, lockeren Boden über, der das Gehen schwierig machte. Diese Gegend bestand aus Sand, auf dem eine dünne Schicht vermodernder Tannennadeln und Blätter lag. Hohe oder kräftige Pflanzen konnten darauf nicht gedeihen. Ich zerrte die ganze Zeit meinen Overall durch das Unterholz und wurde vom Saft der Krüppelkiefern beschmiert. Ich war mir nicht sicher, was es war oder was es bei mir anrichten könnte. Der Saft roch ätzend und fühlte sich an, als ob er niemals wieder abgehen würde. Schließlich gelangte ich auf einen primitiven Weg, sah mich nach Lichtern um und lauschte nach Stimmen und Motorgeräuschen. Ich hörte lediglich Insekten und sah nichts.

Der Weg war schmal – zwei Furchen und dazwischen ein überwachsener Streifen, auf den das Unterholz übergriff. Ich kam auf ihm besser als im Wald voran, und der Boden war so lose, daß man meine Spuren nicht zurückverfolgen konnte. Also blieb ich auf dem Weg und versuchte nicht mehr nachzuprüfen, ob ich immer noch nach Westen ging. Ich war immer noch wie betäubt. Noch vor kurzer Zeit war ich ein ultra-zivilisierter Mann gewesen, der unbekümmert über dem Flickenteppich aus Licht und den verzerrten Radiostimmen eines vielversprechenden, aber ungehobelten Volkes gekreuzt war. Jetzt stolperte ich im Dunkeln umher und hätte mir gewünscht, daß meine Mami hier sei. Ich übte mein Amerikanisch. Ich sagte zu der Dunkelheit: »Jede Landung, von der man zu Fuß weggehen kann, ist eine gute Landung.«

Anmerkung zu Dothan Stablits

Gouldville im Norden Indianas ist die Art von Stadt, zu der man über unbeschrankte Bahnübergänge gelangt. Dothan Stablits war seit 1974 örtlicher Polizeichef und mit einer Dienststelle mit ungefähr fünfundachtzig Beschäftigen, die Zivilangestellten miteingerechnet, betraut. In den mehr als zwölf Jahren, in denen Stablits dort seinen Dienst versehen hatte, hatte er den Bürgern Gouldvilles keinen einklagbaren Grund gegeben, mit seiner Dienststelle unzufrieden zu sein. Sein Umgang mit den übrigen städtischen Behörden war umsichtig und vertrauenswürdig gewesen.

Stablits ist ein grobknochiger, linkischer Mann von beachtlicher Größe. Er ist mittleren Alters, hat einen hervorspringenden Kiefer, schieferblaue Augen und schütteres, schwarzes Haar. Er neigt dazu, stehenzubleiben und mit seinen knorrigen Händen Dinge zu packen – am liebsten Stuhllehnen –, wenn er mit Besuchern spricht, die ihm in seinem kleinen, ordentlichen Büro Fragen stellen. Er steht in einer unaufhörlich unvollendeten Bewegung hinter seinem Stuhl, als ob er versuchte, den genau richtigen Platz, an den er den Stuhl schieben will, zu finden, sich aber nicht sicher ist, ob der Stuhl nicht bereits am richtigen Platz steht. Er macht den Eindruck, als ob er seine Worte auf dieselbe Weise wählte.

Ich wollte niemals … ich hatte nie erwartet, einmal beim Staat zu landen. Und schon gar nicht bei der Polizei. Wissen Sie, ich stamme aus einer Mennonitenfamilie, aus der Gegend um Millersburg und Honeyville. Bauern, sie sind von jeher Bauern gewesen. Es gibt Stablits, die jetzt noch auf ihrem Hof in Kutztown in Pennsylvania leben. Sie, wir waren *plattdeutsch* – was sie Pennsylvania Dutch nennen. Ob Sie es glauben oder nicht, wir halten nichts von motorgetriebenen Maschinen, und der beste Job, den ich hatte, bevor ich zu den Bullen ging, war als Tanklasterfahrer für die Standard Oil of Indiana.

Ich bin … ich war niemals die Art von Mensch, der sich hinsetzt und sagt, hier bin ich, und dahin will ich gelangen, und das ist es, was ich machen will. Ich bin viel umgezogen. Viele von uns – wissen Sie, es gibt einfach eine begrenzte Menge Land, und man hat immer so viele Brüder und Schwestern –, es gibt nicht genug Platz vor Ort, um uns alle zu ernähren. Viele von uns mußten Jobs annehmen, und später hat es sich so ergeben, daß die meisten Fahrzeuge für unterwegs – eure Wohnwagen und die Campingaufbauten für Pick-up-Trucks, eure Wohnmobile – überall im Staat von Mennoniten gebaut wurden. Die Frauen nähten die Vorhänge und machten die Kissen, und die Männer waren die Kunsttischler und Karosseriebauer. Und hin und wieder, wenn die Älteren gerade nicht hinsahen, fuhren ein paar von den jüngeren Männern mit dem Gabelstapler durch den Holzschuppen oder gingen sogar für eine Testfahrt mit einem der Fahrzeuge nach draußen auf die Straße. Sie wissen ja, was man eben so tut, wenn man jung ist. Dann wird man älter. Ich glaube, daß die meisten Älteren darüber vollkommen im Bilde sind. Sie sehen es, sagen aber nichts, weil sie wissen, daß jeder älter wird.

Ich war … nun, ich hatte mich mit diesem Mädchen

eingelassen. Und sie ging nach Chicago. Ihre Tante, die dort wohnte, war gestorben, und ihr Onkel brauchte jemanden, der für ihn kochte und putzte; er war alt. Ich ging und sah mich nach Arbeit um, damit ich dort leben und sie besuchen konnte. Nun, ihr Onkel starb, und beim Leichenschmaus kam heraus, daß sie schwanger war.

Dann hat sie … sie kam auf die Idee, Bardame zu werden. Es gibt Leute, die geraten da hinein, weil sie schlafen können, während die Kinder tagsüber im Kinderhort sind, und sie arbeiten können, wenn das Kind schläft. Und es gibt Leute, die an diesem Leben Gefallen finden, und ich habe noch nie jemanden gesehen, der davon weggekommen ist, bevor er zu verkrüppelt war, um zu handeln. Also bin ich zusammen mit einem Typen, den ich mitten in der Nacht beim Tanken getroffen hatte, zur Chicagoer Polizei gegangen. Aber die Arbeit dort war nichts für mich. Ich war im Summerdale District – vielleicht haben Sie davon gehört – und kündigte, bevor dieser Einbrecher aussagte und alles ruinierte. Ich ging nach Shoreview, der nächsten Stadt im Norden, weil sie dort eine Menge Leute schnell zu Sergeanten beförderten und ich die Polizeiarbeit eigentlich mochte. Ich tue es immer noch. Es ist gute Arbeit.

Ich, nun, ich kam zurecht, und dann fällt dieser Kerl auf die CTA-Schienen. Ich muß Ihnen sagen, ich habe mir deshalb Sorgen gemacht. Aber ich bin nicht damit fertig geworden – ich konnte keine Handhabe finden. Es gab … nun, sehen Sie, es war nicht wie bei Sherlock Holmes. Ich habe noch nie einen Fall gesehen, der dadurch gelöst wurde, daß man alle Anhaltspunkte zusammengezählt hat und dann durch Logik geteilt hat. Es heißt nicht ›gelöst‹, es heißt ›geklärt‹; es heißt nicht ›Anhaltspunkte‹, es heißt ›Spur‹ – man hat eine Spur, die einen zu jemandem führt, der etwas gesehen oder gehört hat. Dann bringt man die Person dazu, einem zu erzählen, was sie gesehen oder gehört hat, so daß man die nächste Spur findet. Aber ich konnte überhaupt keine Spuren finden. Aber ... aber ich war sicher – bin heute noch sicher –, daß irgendwo da draußen Spuren existieren.

Versuchen Sie mir zu erzählen, der Mann wäre gefallen? Dann fiel er, während sich immer noch Leute in der Nähe aufhielten, die mit ihm im Zug gewesen sind. Wenn sie sich im Umkreis von hundert Metern aufgehalten haben, müssen sie etwas gesehen haben; ich meine, da ist der Blitz und der Krach. Wo sind sie? Oder hat er gewartet, bis sie weit weg waren?

Wollen Sie, daß ich ihn für einen Selbstmörder halte? Warum ist er dann den ganzen Weg bis zur Borrow Street gefahren, um sich ausgerechnet dort auf die Schienen zu legen? Versuchte er, eine Botschaft für jemanden zu hinterlassen, der dort lebte – schau dir an, was ich wegen dir getan habe? Wo ist dann diese Person?

Hat man ihn gestoßen? Dann weiß diese Person, was passiert ist. Sie erinnert sich. Sie könnte es mir sagen. Sie könnte es irgend jemandem sagen. So etwas vergißt man nicht; es lebt in einem. Es bringt einen dazu, sich anders zu verhalten, als man sich verhalten würde, wenn es nicht passiert wäre. Anfangs nur ein bißchen. Aber eines Tages verhält man sich vollkommen anders, als man es tun würde, wenn man den Mann nicht gestoßen hätte. Und das ist dann eine Spur. Alle, die mich kennen, wissen, daß ich lange auf eine Spur warten kann.

In diesem Augenblick zuckt Polizeichef Stablits die Achseln und sieht sich in seinem Büro um, als entdeckte er, daß es irgendein anderes Zimmer ist. Seine Arme heben und senken sich, seine Hände klatschen auf die Oberschenkel.

Aber man kann eine Akte nur bis zu einem gewissen Zeitpunkt offenhalten, wenn einem der Kommandant sagt, daß es nur um einen Kerl auf den Schienen ginge, nicht um Stoff oder Wetten oder die Mafia. Nichts, weswegen der Stadtdirektor Druck bekommen würde, die Stadt geht vor die Hunde, tun Sie etwas dagegen. Und ein Tag hat nur vierundzwanzig Stunden, und manchmal können sich solche Dinge jahrelang hinziehen … nun, viele von ihnen führen wirklich nirgendwohin – man kann nie sicher sein. Sicher, sie können ebensogut wieder auf einen Schlag aktuell werden, aber man kann nicht seine Miete darauf verwetten. Und eines Tages bekomme ich einen Brief von hier, von Gouldville. Der Stadtrat teilt mir mit, daß sie einen neuen Polizeichef suchen und ich empfohlen wurde. Nun, da war die Bezahlung und der Chefposten, und, um Ihnen die Wahrheit zu sagen, ich kam damit von dem Mann auf den Schienen und den anderen offenen Akten weg. Also fuhr ich hierher, redete mit ihnen und wurde eingestellt.

Frage ich mich, wie sie gerade auf meinen Namen kamen? Sie wollen sagen, warum sollen sie gerade einem Sergeanten in Shoreview schreiben? Nein, da ist nichts Verwunderliches dran. Sie hatten eine Firma beauftragt, eine Liste zusammenzustellen, und ich bin drauf gewesen, das ist alles. Ja, das hat mich von dem Fall weggebracht; es hat mich von einer Menge von Fällen weggebracht, die nicht ›geklärt‹ waren.

Er schiebt den Stuhl an eine andere Stelle, und kurz darauf ist das Interview zu Ende.

Stablits' Name erschien tatsächlich auf einer Liste, die eine auf kommunale Stellen spezialisierte Arbeitsvermittlungsagentur zusammengestellt hatte. Eine Reihe von Gemeinden in angemessener Entfernung von Shoreview wurden mit einer ähnlichen Liste versorgt. Jeder der Listen lagen kurze Dossiers der aufgeführten Personen bei. Sie wurden an jede Gemeinde mit einer offenen Stelle in gehobener Position bei ihrer Polizeibehörde versandt, und in jedem dieser Fälle war Stablits' Dossier das beste. Es war auch das einzige, das allen Listen beigefügt war, die ansonsten keine Überschneidungen aufwiesen. Soviel habe ich bei der Durchsicht der Akten der betroffenen Gemeinden herausfinden können.

Die Listen wurden freiwillig angeboten. Die Agentur ist nicht kontaktiert worden, verfügte aber offensichtlich über irgendwelche Mittel, eine Liste offener Stellen aufzusetzen. Die Firma war keine der führenden Agenturen auf diesem Gebiet und hat vor langer Zeit den Betrieb eingestellt, ohne Spuren zu hinterlassen. Und deshalb gibt es keine Möglichkeit, sie mit demjenigen in Verbindung zu bringen, der auch immer hinter dem Nationalen Register Pathologischer Anomalien stehen mag.

– A. B.

Ditlo Ravashans Aussage zu den unmittelbar auf den Absturz folgenden Ereignissen

Mein Name ist Ditlo Ravashan. In der fraglichen Nacht gelang es mir, eine Notlandung in den Preiselbeersümpfen New Jerseys – von den Erdlingen die Barrens genannt – durchzuführen. Bei mir waren Hanig Eikmo, Olir Selmon, Dwuord Arvan und Inava Joro. Joro wurde beim Bersten der Maschinen schwer verwundet; die übrigen blieben unverletzt.

Nachdem wir uns des Schiffs entledigt hatten, brachen wir in verschiedene Richtungen auf, und ich habe meine Mannschaftsangehörigen nie wieder gesehen. Ich trug Joro eine Zeitlang, aber sein Zustand verschlechterte sich trotz meiner Bemühungen immer weiter, und er starb nach kurzer Zeit.

Ich beerdigte ihn tief in der Erde, und selbst ich könnte ihn nicht wiederfinden. Er wurde nie gefunden. Es gelang mir, einen Highway zu erreichen und zu gegebener Zeit per Anhalter zur Atlantic City Naval Air Station zu gelangen, wo ich in den Dienst der Vereinigten Staaten trat, denen ich von jenem Tag an treu gedient habe.

Dies ist eine wahre und genaue Schilderung, und sie ist vollständig.

– DITLO RAVASHAN

Eine wahre, genaue und vollständige Schilderung Ditlo Ravashans für seine persönlichen Aufzeichnungen

Im Gegensatz zu den übrigen wußte ich genau, wo ich mich aufhielt, und hatte eine ungefähre Vorstellung davon, was ich, wenn möglich, tun wollte. Ich wartete, bis die anfängliche Verwirrung der anderen drei verflogen war – wie üblich wartete ich mit vollendeter Geduld, denn Warten kostete mich nichts –, und nach einiger Zeit brachen die drei, wie man es ihnen beigebracht hatte, in verschiedene Richtungen auf.

Nachdem wir uns getrennt hatten, bewegte ich mich in Richtung eines zweispurigen Highways und trug Joro eine Zeitlang. Ich erinnere mich, daß die Nacht mit Ausnahme von Joros unablässigem Stöhnen ruhig und klar war. »Ich glaube … ich glaube nicht, daß ich … den Schmerz aushalte!« sagte er irgendwann. Was erwartete er von mir? Daß ich den Schmerz vertreiben sollte? In Wahrheit hatte ich ihn schon lange vor dem Absturz satt gehabt. Ich hätte ihn bestimmt zurückgelassen – hätte ihn überhaupt erst gar nicht aufgehoben –, aber ich brauchte ihn für meinen Plan, also trug ich ihn geduldig. Aber nach einer Weile setzte ich ihn ab, weil sein Atem schneller und flacher geworden war und es offensichtlich war, daß ich bald allein sein würde.

Joro starrte mich blind an; er drückte die Hände gegen den Bauch. »Was wird mit mir geschehen?« fragte er.

»Kaplan«, sagte ich, »Sie werden sterben. Selbst wenn ich hier ein ganzes Militärkrankenhaus hätte, würden Sie, glaube ich, trotzdem sterben. Und das ist die Wahrheit.«

»Aber ich will nicht …«

»Kaplan, Sie haben die Wahl, entweder als wimmernder, winselnder Säugling zugrunde zu gehen oder wie ein Mann zu sterben. Das ist die einzige Wahl, die Ihnen bleibt.«

»O Ravashan, wozu … wozu sind wir soweit hergekommen?«

»Kaplan, dafür haben wir jetzt wirklich keine Zeit. Machen Sie sich nützlich. Ich habe eine Frage, und ich hoffe, daß Sie sie mir beantworten können.«

»W-Was wollen Sie von mir wissen?«

»Was ist der Sinn des Lebens?«

»Wa …« Er antwortete zuerst nicht, also schlug ich ihm leicht ins Gesicht.

»Kaplan Joro.«

Er hörte auf zu stöhnen, aber reagierte nicht weiter. Ich schlug ihn etwas härter. »Kaplan. Beantworten Sie meine Frage.«

Joro sah mich an, und es schien, als ob eine vorübergehende Besserung einsetzte, denn sein Atem wurde für einen Augenblick regelmäßiger. »Ravashan«, sagte Joro, »Sie sind verrückt.«

»Kaplan, es gibt nichts, was ich – oder irgend jemand sonst – für Sie tun könnte. Sie *sterben*. Wenn Sie es können, dann teilen Sie mir den Sinn des Lebens mit.« Ich schlug ihn erneut, aber er weinte nur.

»Ssss …« Seine Augen hatten sich geschlossen, und sein Kopf sank schlaff herab. Ich schlug ihn wieder.

»Kaplan – was *ist* der Sinn des Lebens? Hören Sie mich? Was ist der Sinn des Lebens?« Ich kauerte in der Dunkelheit über ihm und wiederholte unermüdlich die Frage, aber er sagte nur »die Schmerz …«

und verfiel in zusammenhangloses Gebrabbel, bis er starb.

Irgendwie schien die Nacht nach seinem Tod für ein paar Augenblicke ein wenig fremder zu sein. Aber ich konnte es mir nicht leisten, Zeit zu verschwenden, ich wollte bei Einbruch der Dämmerung den Sumpf weit hinter mir gelassen haben. Also nahm ich meine Last auf die Schulter – jetzt ein totes Gewicht, aber auf der anderen Seite endlich still – und fand zu gegebener Zeit den Highway, ein scharfer Einschnitt in die Landschaft mit weichen Sandseitenstreifen. Es gab keine nennenswerte Beleuchtung, aber die Sterne waren da, und in ihrem Licht konnte ich ausmachen, daß ich mich in einer Gegend befand, in der das Sumpfland und die Bäume Rohrkolben Platz machten. Ich befand mich noch nicht wirklich in Küstennähe, aber ich konnte mit Flußmündungen und Bächen, die zur Küste führten, rechnen.

Der Highway lag verlassen da. Nun, um diese Zeit am Morgen würde es größtenteils so bleiben. Aber jemand mußte vorbeikommen. Ich setzte Joro auf dem Seitenstreifen ab und wartete.

Ich erinnere mich an meine Gedanken: zwei Dinge, die zu einem dritten führten.

Von Zeit zu Zeit zogen Vögel über mich hinweg, Vögel, wie sie auf meiner Heimatwelt unbekannt waren, auch wenn es sie auf anderen Welten gab – inklusive dieser hier, wie es schien. Wir hatten an ihrer Stelle Geschöpfe, die durch die Luft flogen, indem sie die Verdrängung ihrer durch Verdauungsgase aufgeblähten Körper benutzten. Sie erreichten eine begrenzte, langsame Lenkbarkeit, die genügte, um Samen und Insekten zu erbeuten, und weiter oben in der Nahrungskette gab es räuberische Arten, die sich von den kleineren ernährten. So dienten sie demselben Zweck.

Ich habe gehört, daß das Fehlen von Vögeln auf meiner Heimatwelt dadurch erklärt werden kann, daß Vögel von Dinosauriern oder ihrem Äquivalent abstammen. Und Dinosaurier, oder ihr Äquivalent, sind der Paläontologie meines Volkes unbekannt. Die Theorie besagt, daß *wir* die Dinosaurier sind – und wir zu gegebener Zeit in Vögel übergehen werden. Daher folgte ich dem Flug dieser irdischen Vögel mit Interesse.

Ich beobachte auch den menschlichen Flugverkehr und fragte mich, ob sie versuchten, nach uns zu suchen. Aber ich bemerkte keine Zusammenballungen über dem Sumpf. Tatsächlich bemerkte ich nichts Ungewöhnliches: fast ausschließlich Propellerflugzeuge und ihrer Höhe und Größe nach zu urteilen zumeist ziviler Natur.

Ein paar Jets zogen vorüber; offenbar Militärflugzeuge, aber keines von ihnen zeigte irgendein Interesse an meinem speziellen Teil der Dunkelheit unter ihnen.

Das Ergebnis dieser Gedanken – was immer auch an ihnen dran sein mochte – war, daß dies eine vergleichsweise primitive Welt war und ich verhältnismäßig sicher war, vor allem, was die Eingeborenen anstellen mochten. Und gleichzeitig war es eine Welt, die weit genug fortgeschritten war, daß ich mich auf ihr gut amüsieren konnte. Ich war mir überhaupt nicht sicher, ob ich auf meiner eigenen Welt alles in allem so glücklich sein könnte. Es gab dort eine stattliche Anzahl Ditlo Ravashans. Hier gab es nur einen, und das war ich, und dieser Planet würde für jenen Lebensstil sorgen, an den ich mich gewöhnen wollte. Es war kein unangenehmer Gedanke.

In der Ferne erschienen die Scheinwerfer eines Wagens, und ich trat auf die Straße. Ich zählte darauf, daß ein Mann in Uniform – wie ich –, so kurz nach dem Krieg in Schwierigkeiten – wie ich –, in der Lage sein müßte, die meisten Transportmittel anzuhalten. Es zeigte sich, daß ich mich fast irrte. Der Wagen wich aus und schlingerte um mich herum, und ich dachte schon, daß er vielleicht wieder beschleunigte, aber schließlich hielt er doch an. Der Fahrer kurbelte das Fenster herunter und streckte mir ein blasses und verblüfftes Gesicht entgegen. »Wa-was wollen Sie?« sagte er mit atemloser und leicht angetrunkener Stimme.

Er war ein Mann mittleren Alters mit gelockerter Krawatte, der wahrscheinlich nach Hause zu seiner Frau und seinen Kindern fuhr, nachdem er die bisherige Nacht mit einer anderen Frau verbracht hatte. Er roch nach billigem Parfum, und auf seinem linken Ohr war Lippenstift, und er wußte nicht, was er von mir halten sollte.

Er sah mich mit leicht geöffnetem Mund an und zwinkerte mit den Augen, um mich scharf zu sehen. Ich sagte: »Bringen Sie mich so schnell Sie können zur Atlantic City Naval Air Station. Mein Kamerad ist schwer verletzt.« Ich sagte es genau in diesem Wortlaut, und wenn mein Akzent nicht ganz stimmig war, dann galt das auch für meine Uniform: Sie bestand lediglich aus einem Overall, auf den ein paar Abzeichen aufgenäht waren. Aber ich erwartete nicht, daß mir eins von beiden mit diesem Mann Ärger einhandelte, und ich behielt recht.

Er hatte lediglich gegen das Ziel Einwände. Er sah einen Augenblick lang Joro an, dessen undeutliche Gestalt zusammengekauert auf dem Seitenstreifen lag, und sagte: »Aber viele Orte liegen näher als Atlantic City.«

Aber dort gab es kein Militär. Zumindest meines Wissens nach. »Wir müssen nach Atlantic City.«

»Nun, in Ordnung, ich dachte nur …« Aber ich hatte schon die Tür hinter ihm geöffnet, quetschte Joro auf den Rücksitz und setzte mich auf den Beifahrersitz, bevor er seinen Gedanken zu Ende führen konnte. Und wenn ihn die Geschwindigkeit, mit der ich das alles getan hatte, erstaunte, erwähnte er es nicht. Er verrenkte den Hals, um Joro anzusehen, und ich sagte: »Los geht's.«

Er nickte unsicher, legte aber den Gang ein und beschleunigte den Wagen, bis er Highwaygeschwindigkeit erreicht hatte. »Okay«, sagte er, nachdem er beschlossen hatte, daß das Ganze in Wirklichkeit seine Idee gewesen war.

Daß der Erdenmann einfach nur fahren und seine Arbeit tun würde, war natürlich mehr, als ich erhoffen konnte. Er hielt sich für einen Mann, der anders als andere Männer war, weil er eine Geliebte hatte, und er war ein Mann, der sich auf einer tieferen Ebene bewußt war, daß er übergewichtig und zu alt und kein besonders hübscher Anblick war. Deshalb wußte jener kleine, aber entscheidende Teil von ihm, daß diese Geliebte entweder verzweifelt war oder ihn zum Narren hielt oder vielleicht beides tat, und deshalb zog er in Wahrheit kein Vergnügen aus seinem Vergnügen. Deshalb nutzte er zwangsläufig jede Gelegenheit, sein Leben zu öffnen, ihm Bedeutung und Struktur zu verleihen. Deshalb begann er nach ungefähr zehn Minuten Fahrt zu reden. »Kriege nicht mehr als siebzig aus dem Eimer, ohne über die ganze Straße zu kurven«, und »Junge! Was kann ich meiner Frau für eine Geschichte erzählen!« und ähnliche Äußerungen. Nun, mit Joro hatte es wirklich kein Eile mehr. Und was die Frau des Erdenmannes anging, was immer er ihr erzählen sollte, würde ihm geglaubt werden. Mit »Ihr Kamerad sieht nicht gerade gut aus, soweit ich das sehen konnte. Zu welcher Einheit gehören Sie?« kam er der Sache näher.

»Brasilianische Marineflieger«, sagte ich. »Wir sind Ihre Verbündeten. Nachtflugübung. Ein paar Sachen gingen schief.«

»Oh.« Er hielt inne. »Wollen Sie nicht lieber nach Ihrem Kameraden sehen?«

»Meinem Kameraden geht es so gut, wie es nötig ist.«

»Oh.« Er dachte weiter nach. »Was ist mit Ihrem Flugzeug?«

»Ich weiß, wo es ist. Der Flottenstützpunkt wird ein Bergungsfahrzeug schicken, und sie werden es bei Dämmerung wieder am Flugplatz haben.«

»Oh.« Ich sah, wie er grübelte. Das nächste, was aus seinem Mund kommen würde, konnte *Wissen Sie, irgend etwas an dieser Geschichte ist faul* sein, also sagte ich: »Je schneller wir zu den Behörden gelangen, desto besser«, und er erinnerte sich daran, daß wir schließlich zu den Behörden fuhren. Was, wie ich annehme, bedeutete, daß, egal wie faul die Geschichte war, sie die amtliche Billigung der Regierung der Vereinigten Staaten hatte; was bedeutete, daß er zwar zu clever war, um ihr auf den Leim zu gehen, aber es die Geschichte war, welche die Regierung verbreitet haben wollte, und er sie deshalb erzählen konnte, ohne sich wie ein Idiot vorzukommen, und gleichzeitig fühlte, daß er bei irgend etwas mit drin steckte. Ich glaube, ihm kam nie in den Sinn, daß jemand die Behörde aufsuchen könnte, der gar nicht zu ihr gehörte.

Wir hielten schließlich am Haupttor des Stützpunktes an. Der Stützpunkt lag außerhalb von Atlantic City an dem Highway, der zwischen den dort überall wachsenden Rohrkolben hindurchschnitt, und obwohl er sich etwas abseits von der Straße befand, war es nicht schwierig, den Fahrer dorthin zu dirigieren … es war wirklich die einzige Anlage, die wie ein Stützpunkt aussah, und eine der wenigen, die nachts erleuchtet waren.

Das Tor bestand aus einem Wachhäuschen, vor dem

sich der Highway in zwei Fahrbahnen teilte, die links und rechts an ihm vorbeiführten. In dem Häuschen befanden sich zwei Wachen, die mit ihren Gewehren herauskamen, als der Wagen auf sie zufuhr, dann wieder etwas zurückwichen, aber auf halbem Weg anhielten. Die Wachen sahen uns an, als ob wir zwei Köpfe hätten, und richteten ihre Waffen auf uns.

Ich langte auf den Rücksitz und zog Joro heraus. Die Leichenstarre hatte eingesetzt; er glich einer hölzernen Schaufensterpuppe und fühlte sich kalt an, obwohl er mindestens so warm wie die Umgebungstemperatur oder sogar wärmer war. Er lag ausgestreckt auf dem Asphalt; ein Bein in die Luft gestreckt, mit den Händen auf dem Bauch. Es war das erste Mal, daß ich ihn so ihm Licht sah: Er war schmutzig, kleine Schaumfetzen klebten an ihm, Teile des Overalls waren mit dem verbrannten Fleisch verschmolzen, und sein Mund war eingefallen.

Die Wachen hatten keine Gefechtserfahrung. Einer von ihnen würgte einen Aufschrei hinunter. Der andere reagierte auf den dumpfen Laut, mit dem Joros Körper auf dem Asphalt aufschlug, indem er automatisch den Abzug betätigte. Auf diese Weise erfuhr ich, daß die Waffen nicht geladen waren, denn ich hörte nur das Klicken des Schlagbolzens. Ich wandte mich dem Fahrer zu und sagte: »Sie können jetzt gehen.« Er warf einen Blick auf Joro und fuhr weg. Auf seinem Gesicht zeichnete sich Bestürzung und Ekel ab, als er mit dem Wagen zurückstieß, bis er wenden konnte. Ich wandte mich den Wachen zu. »Ich will Ihren befehlshabenden Offizier sprechen«, sagte ich und überließ das weitere der Militärroutine.

Diese war natürlich sehr langwierig, und ich sprach erst mit dem befehlshabenden Offizier, nachdem ich mich die Befehlskette hochgearbeitet hatte. Aber schließlich sprach ich mit einem Adjutanten und erläuterte ihm, daß Joros Leichnam bald zu riechen begänne, und sie legten ihn irgendwo auf Eis. Und dann konnte ich den befehlshabenden Offizier sprechen und erklärte ihm, daß ich ihn dazu benötigte, meine Forderung, mit einem Regierungsvertreter zu sprechen, weiterzuleiten.

Und zu jenem Zeitpunkt war ich dank meiner Uniformabzeichen, die nur auf den ersten Blick echt aussahen, meines Erste-Hilfe-Kastens, auf dem Johnson & Johnson stand, aber auf dem anstelle des Kleingedruckten nur gewellte Linien abgebildet waren und in dem sich für Menschen schwer verständliche Dinge befanden, geheimnisvoll genug. Das Glück wollte es, daß in jener Nacht ein junger Kongreßabgeordneter, der bis vor kurzem in der Navy gewesen war, die Nacht auf dem Stützpunkt verbrachte. Sie weckten ihn; in Wirklichkeit war er ohne Zweifel zu jenem Zeitpunkt bereits wach gewesen und hatte vielleicht sogar schon gefrühstückt, aber sie sagten mir, sie hätten ihn geweckt, und brachten ihn zu mir in den Raum. Ein paar Wachen mit geladenen Gewehren begleiteten ihn, damit ihm nichts zustieß. Und dieser Mann, der über die folgenden Jahre auf so viele Arten und Weisen so eng mit mir verbunden sein sollte, kam in das graue Zimmer, in dem ich saß. Er blickte mich an und setzte sich in den Stuhl mir gegenüber am anderen Ende des Sperrholztisches. Er neigte den Kopf zur Seite und beobachtete mich. Er sagte anfangs nichts.

Ich erläuterte, was es mit Joros Leichnam auf sich hatte – daß man eine vertrauliche Autopsie durchführen sollte, die meine ehrlichen Absichten beweisen würde. Der Kongreßabgeordnete nickte – er hatte eine schnelle Auffassungsgabe, die er in Zukunft noch oft unter Beweis stellen sollte – und bedeutete den Soldaten mit einer Handbewegung, den Raum zu verlassen, denen dabei offenbar unbehaglich zumute war. Ich konnte es ihnen kaum übelnehmen, aber der Kongreßabgeordnete hatte recht – er hatte nichts von mir zu befürchten, denn er war der Schlüssel zu dem, was ich wollte.

Ich sagte ihm, wer und was ich war. Und er glaubte mir. Und wir handelten eine Übereinkunft aus, die mir sehr gut bekommen ist und dem Kongreßabgeordneten auch nicht schlecht. Als wir über den Sperrholztisch hinweg verhandelten, kamen wir bald überein, daß wir uns gegenseitig mit Spitznamen ansprechen sollten, um das zu vermeiden, was passieren mochte, wenn irgendwann unsere echten Namen bekannt würden. Dies war nur die erste einer Unzahl von Vorsichtsmaßnahmen, die wir im Lauf der Zeit treffen sollten. Es ist jetzt schon so lange her, daß ich Schwierigkeiten habe, ihn anders als ›Yankee‹ zu nennen. Und ich glaube, das ist zum Besten.

– Niemals enthüllt

Hanig Eikmo, Teil Eins

Es war nicht einfach, Hanig Eikmos Weg zurückzuverfolgen. Nicht, weil er so kompliziert, sondern weil er so einfach war. Hanig scheint ein Mann der unmittelbaren Tat gewesen zu sein; ein Mann, der Probleme typischerweise mit den Händen löste und nicht mit dem Kopf. Aus diesem Grund machten mich manchmal die Schwierigkeiten rasend, darauf zu schließen, was er als nächstes getan haben würde, denn was er als nächstes tat, geschah oft aus der Eingebung des Augenblicks heraus.

Dazu kam, daß er mit Abstand das Amerikanische am schlechtesten beherrschte. Er war kaum über das Niveau der Pflichtstunden an der Gewerbeschule, die er anstelle der Akademie besucht hatte, hinausgekommen, und während der Reise hatte er kaum etwas vom Radio und Fernsehen gelernt. Er schien an den meisten Dingen desinteressiert zu sein, sogar an Dingen, die fast jeder andere für lebenswichtig gehalten hätte. Aus diesem Grund hatte er nicht soviel Umgang mit Amerikanern wie seine Mannschaftskameraden, und neigte dazu, allein zu leben. Dies galt insbesondere für die frühen Jahre seines Exils, traf aber auch für die gesamte Zeit in hohem Maße zu.

Wie sich herausstellen sollte, machte es keinen Unterschied. Aber ich greife vor. Es ist am besten, Hanigs Geschichte so zu erzählen, wie sie sich für ihn entwickelte, und so gut ich sie rekonstruieren konnte.

Nachdem sich die Mannschaft getrennt hatte, lief Hanig mit gleichmäßigen Schritten durch die Nacht. Er blickte kaum nach links oder rechts, bis er schließlich zu einem Bach gelangte. Dort hielt er lange genug an, um eine Hand in das Wasser zu tauchen. Er stellte fest, in welche Richtung das Wasser floß, und setzte seinen Weg am Ufer entlang flußabwärts fort. Schließlich gelangte er zu einem Meeresarm. Eigentlich war es ein Fluß, in den der Bach mündete, aber das Wasser schmeckte, als er es probierte, eindeutig salzig; die Flut stieg bis zu diesem Punkt. Und jetzt mußte er sich entscheiden.

Zu diesem Zeitpunkt ließ er den festen Boden hinter sich; links und rechts von ihm wuchsen die Rohrkolben aus dem Wasser; der Boden, aus dem sie ihre Nahrung zogen, war überschwemmt. Aber er hatte keine echte Wahl. Um auf relativ festem Boden zu bleiben, hätte er abzweigen müssen. Abzweigen in ein Land, über das er sehr wenig wußte. Wenn er dagegen dem Meeresarm folgte, würde er sich in viel vertrauterem Gelände aufhalten, weil er seine Jugend in einer Gegend wie dieser verbracht hatte. Er probierte herum, und es zeigte sich, daß er dem Wasser zumindest für eine Zeitlang folgen konnte, ohne daß es über seinem Kopf zusammenschlug; also folgte er ihm. Und obwohl das Wasser schließlich zu tief wurde, um es zu durchwaten, war es ruhig, so daß er in der Lage war, halb zu schwimmen, zwischendurch einen Halt für die Füße zu finden und seinen Weg flußabwärts fortzusetzen.

Schließlich stieß er auf ein Segelboot, das an der Anlegestelle einer auf Pfählen gebauten Hütte vertäut war. Nirgends brannten Lichter – weder in der Hütte noch auf dem Boot. Er zog sich aus dem Wasser auf die Veranda und lauschte. Jemand schlief in der Hütte, aber das störte Eikmo nicht unmittelbar. Er kletterte auf das Boot, eine Acht-Meter-Jolle. Sie eignete sich perfekt für seine Zwecke. Sie zeigte Zeichen von Abnutzung, aber die Segel, die lose am Fuß des Masts aufgehäuft und mit etwas Tauwerk befestigt waren, schienen ebenso wie der Rumpf unversehrt zu sein. Er untersuchte die Verbindungen zu dem Anlegeplatz und stellte fest, daß eine davon eine mit einem Vorhängeschloß gesicherte Kette war, obwohl man zu der Hütte und dem Boot nur über das Wasser gelangen konnte. Er untersuchte die Kette. Sie war fest mit einem Augbolzen an der Anlegestelle vertäut; das andere Ende des Bolzens schien absichtlich so beschädigt worden zu sein, daß man die Mutter nicht herausdrehen konnte – zumindest nicht mit Eikmos Händen. Er betrat kopfschüttelnd die Hütte und stand über ihrem schlafenden Bewohner.

Im Innern der Hütte war es düster, und er konnte wenig Einzelheiten erkennen, aber sie bestand aus nur einem Raum. Der Bewohner war allein. Er war ein Mann um die dreißig, der fast vollständig bekleidet schlafen gegangen war, und dem Geruch nach zu urteilen, der aus seinem Mund strömte, war er betrunken. Eikmo tötete ihn rasch, indem er ihm das Genick brach, und durchsuchte seine Taschen, bis er den Schlüssel zu dem Vorhängeschloß fand.

Er besaß jetzt ein Transportmittel. Er brauchte nicht lange, die Geheimnisse der Takelage auszutüfteln. Innerhalb weniger Stunden hatte er die immer breiter werdenden Meeresarme durchquert und war auf das offene Meer vorgedrungen, umrundete Cape May und gelangte in die Delaware Bay. Als es schließlich Tag war, fuhr er in die ungefähre Richtung von Dover/Delaware.

Die Bucht zählte selbst damals nicht zu den hübschesten Flecken: Das Wasser, das vom Rumpf zurückschäumte, war stark mit Chemikalien und Waschmitteln durchsetzt und von gelblicher Färbung; es kam Eikmo auch nicht zugute, daß er laufend gezwungen war, gegen den Wind zu kreuzen. Aber er kämpfte sich voran und wich den Tankern und Frachtern aus, denen er gelegentlich begegnete.

Schließlich sichtete er Land in Form einer langen, verlassenen und verwitterten Anlegestelle, die in die Bucht hinausragte. Sie wurde von einem offensichtlich verlassenen Gebäude flankiert, das in einiger Entfernung eines Highways lag. Die Zivilisation erstreckte sich bis zu diesem Punkt; Dover lag einige Kilometer im Landesinneren. Aber für Eikmo zählte der Highway.

Er kletterte auf die Anlegestelle, nahm einige Gegenstände mit sich und schlug gegen das Ruder. Er sah zu, wie das Boot abzudriften begann, und wandte sich dann der Küste zu. Er arbeitete sich über geborstenen Beton und dann durch das Gestrüpp zum Seitenstreifen des Highways, der zwar die wichtigste Verbindung entlang der Küste, aber dennoch nur zweispurig ausgebaut war. Er musterte prüfend den Verkehrsfluß und setzte sich in Richtung Dover in Bewegung. Nach einiger Zeit verwandelte sich der Highway in eine Straße. Er setzte seinen Weg fort. Allmählich waren Zeichen von Besiedlung in Form von verfallenden Häusern und Läden zu erkennen. Und dann erblickte er etwas weniger zerfallende Gebäude, ab und zu war ein Mensch zu sehen, und Autos fuhren an ihm vorbei. Bald bewegte er sich auf einer zweifellos menschlichen Straße in einer zweifellos menschlichen Stadt mit Menschen hier und da, und er ließ durch nichts erkennen, daß er sich irgendwie von ihnen unterschied oder nicht dorthin gehörte.

Außer seiner eisernen Ration und dem Erste-Hilfe-Kasten besaß er einen Kompaß, ein Chronometer und ein tragbares Funkgerät. Er hatte seine Uniform gegen eine mit Farbspritzern übersäte Jeans und ein T-Shirt eingetauscht.

Schließlich fand er einen Pfandleiher. Er wußte, daß

man irgendwo Geld für Gegenstände unklarer Herkunft erhalten konnte. Zugegeben, er gab die gestohlenen Gegenstände für einen sehr geringen Betrag in Zahlung – er konnte natürlich nicht handeln, obwohl ich bezweifle, ob er dazu in der Lage gewesen wäre, selbst wenn er flüssig amerikanisch gesprochen hätte – und kaufte mit dem wenigen Geld einige Kleidungsstücke in einem Second-hand-Laden: eine Jeans, die ihm besser paßte und sauberer war; ein T-Shirt sowie ein blaues, gemustertes Baumwollhemd und eine Uniformjacke. Er behielt die Socken, Unterwäsche und die Schuhe seiner Uniform. Er besaß die Schuhe noch Jahre später, und obwohl sie anders waren als jedes andere Paar Schuhe zu jener Zeit, erschienen sie nicht fremdartig, und er sah keinen Grund, sie wegzuwerfen. (Es ist auch möglich, daß er etwas behalten wollte, was ihn mit seinem Geburtsplaneten verband.)

Derart ausgestattet wartete er neben einer Kneipe, wählte wohlüberlegt ein Opfer aus, einen Seemann, tötete ihn und erleichterte ihn um seine Heuer, die mehrere hundert Dollar betrug.

Mit diesem Betrag als Startkapital begab er sich zur Greyhound-Station, wo er eine Fahrkarte nach Denver kaufte.

Er lebte für viele Jahre als Tagelöhner in Denver, wurde am Ende eines Arbeitstages bezahlt, schlief in billigen Absteigen und aß in Imbißstuben und unterschied sich von seinen Standesgenossen nur dadurch, daß er nicht trank. Er schien mit seinem Schicksal wirklich zufrieden gewesen zu sein, und wenn er nicht zufällig Ravashan bei einer Pause auf der Fahrt nach Colorado Springs gesehen hätte, wäre er vielleicht noch dort und leidlich glücklich und ganz aus dieser Geschichte heraus.

Aber er ist nicht aus ihr heraus.

– A. B.

Jack Mullica

Der sandige Weg wurde allmählich breiter und fester. Mir fielen die aufgestapelten Baumstämme und gerodeten Flecken in der Vegetation auf. Anscheinend hatte hier jemand etwas vor – oder hatte es vorgehabt. Ich hatte keine Ahnung, ob hier tagsüber etwas getan wurde. Aber mit Sicherheit nicht nachts.

Ich gelangte zu einer Straßenbrücke – aus Beton, wie meine Untersuchung später bestätigte –, die von Flechten überwachsen und teilweise zerfressen, aber immer noch benutzbar war. Sie war nicht sehr lang. Ein stark verwittertes Emailschild verkündete MULLICA-RIVER, und es befand sich tatsächlich etwas Wasser in dem Bett unter der Brücke, aber wenn das ein Fluß war, dann war er allenfalls ein dürftiger Abklatsch. Jedenfalls folgte ich weiter dem Weg, der sich wie ein Pfad durch die Stille und die Dunkelheit vor mir erstreckte, bis ich etwas hörte. Ich hielt an.

Ich mühte mich, irgend etwas zu hören, was mir Aufschluß darüber hätte geben können, was vor mir lag. Aber nichts, was ich hörte, ergab für mich Sinn. Es klang wie gedämpftes Gelächter, und das Klirren von Glas auf Glas, aber das sagte mir gar nichts. Ich stand eine Zeitlang in der Dunkelheit und bewegte mich dann sehr langsam vorwärts, in Richtung der Geräusche.

Allmählich wurden sie klarer; sie stammten von zwei oder drei Männern, die tranken und zechten. Ich hörte jetzt auch eine Frau, und auch wenn anfangs ihre Stimme mit denen der Männer vermischt gewesen war, hob sie sich jetzt immer stärker durch einen anderen Tonfall ab: weniger umgänglich, eher streitlustig. Und die männlichen Stimmen klangen weniger fröhlich.

Ich ging noch näher heran und konnte die schattenhafte Form eines geparkten Wagens und glühende Zigarettenenden erkennen. Die Stimmen wurden immer angespannter. »Verdammt, Margery, was, zum Teufel ...?« war plötzlich klar zu hören. »Stell dich nicht so an.«

»Ich will nach Hause«, sagte die Frau.

»Margery, wir sind hier noch nicht fertig.«

»Doch, das sind wir. Ich muß morgen früh aufstehen und arbeiten. Ihr habt alle euren Spaß gehabt, den ihr für eine Nacht kriegen werdet.«

Ein Kichern ertönte, und eine männliche Stimme sagte: »*Ich* bin da nicht so sicher. Wie steht's mit euch?«

Margerys Stimme war plötzlich kalt. »Die einzige Art, auf die ihr mehr kriegen könntet, ist, wenn ihr mich vergewaltigt. Und wenn ihr das macht, dann bringt ihr mich hinterher besser um.«

»Vergewaltigen!« Die Stimme klang ungläubig; sie gehörte dem Mann, der gekichert hatte. »Dich vergewaltigen!« Aber die anderen Männern waren aufmerksamer. Und genauso kalt. Einer von ihnen – ich nehme an, der Anführer – sagte in ruhigem Tonfall: »In Ordnung, Margery. In Ordnung.« Und plötzlich flog die Hecktür des Wagens auf, und für einen Augenblick war die Szene in Licht getaucht, so daß ich sehen konnte, wie eine Frau herausstürzte und stöhnend auf dem Boden aufschlug. »In Ordnung, Margery. Und gute Nacht.« Die Tür schloß sich, und das Licht ging aus. Der Motor sprang an, und die Scheinwerfer leuchteten auf. »Genieß den Nachhausemarsch.« Und der Wagen fuhr davon, der ganze Rummel war vorbei, und nach kurzer Zeit herrschte bis auf das Licht der Sterne Dunkelheit. Ich hörte, wie Margery leise fluchte, als sie aufstand und auf der Straße stand und dem Wagen hinterherblickte.

Sie hatte keine Ahnung, daß ich nur ein paar Schritte von ihr entfernt stand. Sie regte sich. Es war eine unbeholfene, verdrehte Bewegung, und mir wurde klar, daß sie sich bei dem Sturz verletzt hatte. Sie ging die Straße entlang, aber ihre Bewegungen waren langsam und unausgeglichen; sie hinkte stark.

»Miss?«

»Jesus, Maria und Josef! Wer, zum Teufel, ist da?«

»Jack«, sagte ich und nahm damit den Namen des archetypischen Amerikaners an. »Jack ... Mullica. Ich kam gerade vor einer Minute vorbei und sah ...«

»Jesus Christus! Sie sind vorbeigekommen?«

»Das ist richtig. Und ich ...!«

»Sie haben mich zu Tode erschreckt!«

»Oh, das tut mir leid. Kann ich Ihnen helfen? Es sieht so aus, als ob Sie verletzt wären. Ich habe einen Erste-Hilfe-Kasten und ...«

Ihr plötzliches Glucksen war gleichzeitig amüsiert und verbittert. »Es braucht mehr als Erste Hilfe, um das abzustellen. Eine ganze Menge mehr.«

Ich verstand nicht. Aber das war nicht so wichtig, wie zu irgendeiner Art von Übereinkunft mit ihr zu gelangen. »Hm, wie Sie meinen – wird es Ihnen helfen, wenn Sie sich beim Gehen auf mich stützen?«

Sie lachte bitter. »Ja, das wird helfen. Ganz besonders, wenn ich daran denke, daß wir noch zwei Meilen vor uns haben. Schweinehunde. In Ordnung – gehen wir.« Sie stellte sich links neben mich. Sie war fast so groß wie ich. Ich bemerkte, daß sie nach Parfüm roch – irgendein künstlicher Duft. Wir gingen langsam durch die Dunkelheit die Straße entlang, was für sie sichtlich schmerzhaft war. Aber sie lehnte sich gegen meine

Hüfte und plötzlich dachte ich an sie als eine Frau, nicht als eine Person von der Erde, und ich wußte nicht, was ich davon halten sollte, aber es war besser, von ihr nicht als Frau zu denken.

»Wo kommen Sie her?« fragte sie.

»Ich habe mich verlaufen«, erwiderte ich prompt. Ich hatte erwartet, daß ich vor irgend jemandem Rechenschaft über mich ablegen müßte. »Ich war per Anhalter unterwegs, und sie ließen mich in der Dunkelheit raus, und ich habe mich verlaufen.«

»Uh-huh. Und was für ein Akzent ist das?«

»Indisch. Ostindisch.«

»Uh-huh.« Sie schien nicht geneigt, weiter zu bohren. Wir gingen eine Zeitlang schweigend weiter. Dann sagte sie: »Ich nehme an, daß Sie keinen Platz zum Übernachten haben.«

»Hm, nein.«

»Klar. In Ordnung – Sie können eine Weile bei meinem Vater und mir unterkommen. In der Scheune schlafen.«

Ich dachte darüber nach. »In Ordnung. Danke. Das ist sehr freundlich von Ihnen.«

»Sie helfen mir, nach Hause zu kommen. Helfen mir sehr. Mein Bein taugt nicht viel. Hatte Polio als kleines Mädchen. Also ist es ein fairer Handel.« Ihre Stimme war tonlos – es lag keine Spur von Selbstmitleid darin. Aber sie hatte natürlich Zeit gehabt, sich die Sätze zurechtzulegen. »Ich heiße übrigens Margery Olchuck. Und Sie Jack Mullica.«

»So ist es. Jack Mullica.«

»In Ordnung.« Und danach konzentrierte sie sich aufs Gehen. Trotz meiner Hilfe tat sie sich hart.

– Möglichst akkurate Rekonstruktion
verschiedener Brocken,
die Mullica im Schlaf mit den Lippen formte

Yankees Eröffnungsaussage

Der Navy-Soldat, der mich an der Schulter schüttelte und immer wieder meinen Namen sagte, war kleinlaut. Und er war sehr vorsichtig. »Wir haben hier einen Mann, der mitten in der Nacht aufgetaucht ist. Wir wissen nicht, wer er ist. Der Kommandant denkt, daß wir Sie aufwecken sollen.« Und er zog sich zurück, als ich aufwachte.

Und ich wachte tatsächlich langsam auf – nach außen hin zumindest. Aber ich verarbeite die Informationen sehr rasch. Ausschlaggebend war die Tatsache, daß der Kommandant, anstatt die Gelegenheit routinemäßig zu regeln, mich wecken ließ. Also waren die Aussichten überwältigend, daß der Mann nicht verrückt war; die Aussichten waren überwältigend, daß zumindest der Kommandant dachte, daß, angesichts der Anwesenheit eines Kongreßabgeordneten auf dem Stützpunkt, er ihn einbeziehen mußte, in was immer es auch sein mochte, oder aber Gefahr lief, sich einen Verweis dafür einzuhandeln, es unterlassen zu haben. Das machte die Sache ernst. Deshalb wachte ich langsam auf, aber als meine Füße den Boden berührten, war ich auf alles vorbereitet.

Nach einer schnellen Dusche und einem hastigen Frühstück folgte ich dem Navy-Soldaten zur Tür des geheimnisvollen Mannes, wo uns eine Gruppe Bewaffneter erwartete. Auf mein Nicken hin betraten wir den Raum.

Der Mann, der dort saß, strahlte etwas Fremdartiges aus. Er war von dunkler Hautfarbe, gutaussehend und hatte gleichzeitig etwas Raubvogelhaftes an sich; er trug eine Art Drillichuniform. Als er aufstand, sah ich, daß er großgewachsen war. Er streckte die Hand aus. »Hallo.« Sein Tonfall war fast akzentfrei, aber etwas steif, so als ob er die Redewendungen zuerst in einer anderen Sprache dächte, bevor er sie aussprach. »Ich heiße Ditlo Ravashan. Captain Ravashan würden Sie, glaube ich, sagen, nur daß ich kein Schiff mehr besitze.« Er sagte das, und dann lächelte er.

Ich musterte seine Hand. Dann drückte ich sie, und als ich sie drückte, spürte ich zum erstenmal die unglaubliche Kraft dieses Mannes. Es war, als ob sich Stahl – warmer Stahl – um meine Hand geschlossen hätte. Wenn er meine Hand nicht hätte loslassen wollen, hätte ich sie ihm nicht entziehen können. Aber er ließ sie los.

Ich sah ihn an. Und ich wußte – ich weiß nicht wie, aber ich *wußte* –, was er über seinen Ursprung behaupten würde. Ich teilte ihm meinen Namen und meinen Rang im Kongreß mit, während ich ihm direkt in die Augen schaute. Sie waren kastanienbraun. Und sie blickten so ruhig wie meine. Er grinste plötzlich; sein Lächeln verbreiterte sich abrupt in etwas völlig anderes. »Sie haben es erraten«, sagte er anerkennend. »Sie haben es tatsächlich erraten! Aufgrund von winzigen Hinweisen! Bravo! Aber um irgendwelche noch verbleibenden Zweifel auszuräumen«, sagte er, »habe ich einen Leichnam mitgebracht – eines meiner Mannschaftsmitglieder. Sie müssen nicht viel herumschneiden, um festzustellen, daß wir uns innerlich von euch unterscheiden.«

»Nein, ich glaube Ihnen«, sagte ich. Ich hatte mich entschieden. Wenn es stimmte, was er über den Leichnam sagte, gab es keinen Zweifel mehr. Er hatte ihn mitgebracht, damit wir nicht ihn selbst aufzuschneiden brauchten. Man konnte es ihm kaum verübeln. »In Ordnung – lassen Sie uns allein«, sagte ich zu den Navy-Soldaten. »Sie alle«, an den Kommandanten gerichtet. Nicht, weil ich ihnen nicht traute. Es handelte sich um eine Angelegenheit, von der sie nichts zu wissen brauchten. Und sie gingen, auch wenn der Kommandant die Stirn runzelte und zögerte. Ein besserer Mann wäre geblieben, aber die besseren Männer waren nach dem Krieg entlassen worden.

Ravashan und ich sahen einander über den Raum hinweg an. Dann setzten wir uns an die gegenüberliegenden Enden des Tisches. »Was wollen Sie, Ravashan?«

Ravashan grinste. »Wollen Sie nicht erfahren, wie ich hierher gekommen bin, wo mein Schiff ist und so weiter?«

»Das werde ich alles rechtzeitig erfahren«, sagte ich. »Sie haben das hier offensichtlich nicht geplant; Sie improvisieren. Das ist der Sachverhalt, der zählt.«

Ravashan saß für einen Augenblick schweigend da und sah mich an. Und in diesem Blick erkannte ich, was er war – ein ungewöhnlich cleveres Individuum, das mich taxierte und sich nicht bewußt wurde, daß ich cleverer als er war. Und er war tatsächlich clever – viel cleverer als jeder, den ich kannte, in dieser Lage. Ich respektierte ihn dafür. Noch wichtiger, ich schickte mich an, unsere Verbindung zu genießen, und er sollte mich für eine lange Zeit nicht enttäuschen.

Er begann zu erzählen, anfangs von langen Reisen:

»Unser Siedlungsgebiet erstreckt sich«, sagte er, »über einen beträchtlichen Teil dieses Spiralarms der Galaxis. Nun, wir haben lange daran gearbeitet. Lange. Sie müssen verstehen, daß wir trotzdem nicht einmal die Oberfläche der Sternsysteme in der unmittelbaren Nachbarschaft angekratzt haben. Es gibt sehr viele.

Aber wir haben bisher nur eine Rasse gefunden, die den Weltraum vor uns bereist hat. Das sind die Methanatmer. Wir ... treiben Handel ... mit ihnen. Wir sind keine Feinde. Aber wir sind auch keine Freunde. Ich glaube, wir wären Todfeinde, wenn wir uns für dieselben Welten interessierten. Aber das tut jetzt nichts zur Sache.

Wir erforschen die Sterne aus vielen Gründen, aber der wichtigste ist Handel. Bodenschätze. Und hin und wieder wegen Abnehmern.«

»Oh?« sagte ich.

Er lachte. »Wie Sie sich vorstellen können, haben wir Waren zu verkaufen. Maschinen, Techniken, sogar technische Spielereien. Alles davon natürlich weiter fortgeschritten als irgend etwas im Besitz Ihrer Rasse. Als Entgelt akzeptieren wir eine bestimmte Reihe von Bodenschätzen. Manchmal finden wir auch Waren aus einheimischer Produktion, für die es einen Markt gibt ... ähnlich wie die höherentwickelten Staaten hier Güter von den weniger begünstigten Kulturen kaufen, weil die Benachteiligten sie billiger herstellen können oder weil sie auf irgendeine Weise nett sind. Ich bin sicher, Sie wissen, wovon ich spreche.«

»Ja.« Aber ich nahm kaum Notiz von der Beleidigung. Warum sollte ich? Ich hatte bereits festgestellt, daß ich intelligenter war als er. Was zählte, war sein Gerede von hochentwickelten Maschinen und Konsumgütern. Zugegeben, sie würden die einheimische Industrie zum Zusammenbruch bringen, wenn man sie wahllos einführte. Aber man mußte sie nicht wahllos einführen, wenn man vorsichtig war. Und der Mann, der den Zustrom regulierte, würde der mächtigste Mann auf der Erde sein. Der mächtigste Mann auf der Erde. Aber ich sagte nur: »Ja.«

Er sagte: »Leider ist da ein Haken.«

»Und was für ein Haken ist das?«

»Es ist illegal. Schon daß ich Ihnen das erzähle, ist illegal. Wir schwören einen Eid. Wir dürfen unter keinen Umständen den Eingeborenen die Wahrheit über uns selbst mitteilen. Wir dürfen es nicht einmal eine Sekunde in Erwägung ziehen. Es ist zu früh in eurer Entwicklung.«

Ich sah ihn an. Er erwiderte meinen Blick. Ich sagte: »Warum brechen Sie dann Ihren Eid?«

»Nun, würden Sie das etwa nicht tun, wenn Sie an meiner Stelle wären und erkennten, daß Sie Jahre Ihres Lebens verschwendet haben?« Er atmete tief. »Wenn ich offensichtlich dazu geboren wurde, das Leben bis zur Neige auszukosten?«

Ich grinste. In mancherlei Hinsicht waren wir einander sehr ähnlich. Er sprach weiter: »Also benötige ich Schutz nicht nur vor Ihrem Volk, sondern auch vor meinem eigenen. Oh, es dauert noch eine Weile. Aber wenn wir voneinander profitieren, werden wir eines Tages die Erde so weit vorwärtsgebracht haben, daß ein amtlicher Handelsbevollmächtigter landet. Und dann bin ich besser nicht das Individuum, das so viele Risiken über das Geheimnis unserer Existenz eingegangen ist.« Er grinste gequält. »Eben weil ich damit durchgekommen bin. Sie wagen es nicht, das zu vergeben.«

Ich stoppte ihn und rief den Kommandanten. Ich konnte natürlich unter keinen Umständen irgendwelchen Zwang auf den befehlshabenden Offizier ausüben, und ich konnte ihn nicht davon abhalten, seine Vorgesetzten zu unterrichten ... er hatte sie bereits unterrichtet, bevor er mich wecken ließ. Er hatte sie davon unterrichtet, daß er einen Mannschaftsangehörigen ungeklärter Herkunft festhielte, der eine Geschichte erzählt hätte, die gut genug gewesen sei, um ihm Zutritt zum Stützpunkt zu verschaffen ... mit einer Leiche. Das hatte für die Navy genügt, um einen

Spezialisten loszuschicken, der auf dem Weg war und in Kürze eintreffen würde. Die weitere Vorgehensweise hing von den Empfehlungen dieses Spezialisten ab. Vermutlich war eine der Optionen, den Kommandanten zu entlassen, sollte er leichtfertig an der falschen Kette gezogen haben. Nun, das war richtig, angemessen, und kümmerte mich nicht – auch wenn es den Kommandanten offensichtlich kümmerte. Ich glaubte nicht, daß die Geschichte, dieser Mann sei nicht von der Erde, über die Stützpunktgrenzen herausgedrungen war, und selbst auf dem Stützpunkt war die Anzahl der Personen, die auch nur eine abenteuerlich entstellte Version gehört hatten, minimal.

Meines Wissens war man noch nie einem Nicht-Erdling begegnet, aber das wollte nicht viel heißen; ab einem gewissen Dienstgrad kann man sich bei jeder Waffengattung darauf verlassen, daß sie ihre Geheimnisse behütet. Aber ein Geheimnis wie dieses konnte man, außer unter ganz besonderen Umständen, nicht glaubhaft in Umlauf setzen, dazu war es zu groß.

Ich wollte trotzdem sicherstellen, daß keiner der Unteroffiziere und Mannschaften mit den Medien in Verbindung kam. Mannschaftsdienstgrade haben die nahezu einzigartige Fähigkeit, Schwierigkeiten zu verursachen, und das auf eine ungeschickte, schluderige Art und Weise, daß es fast unmöglich ist, sie daran zu hindern, weil man nicht sicher sein kann, um was es bei dem ganzen Wirrwarr überhaupt geht. Und was die Medien angeht – selbst damals schon stand ich ihnen wegen ihrer Manipulierbarkeit einerseits mit Mißtrauen und andererseits mit Verachtung gegenüber. Und, wie ich es fast erwartet hatte, hatte der Kommandant den Stützpunkt abgeriegelt und gab den Männern, die irgend etwas gesehen oder gehört hatten, keine Gelegenheit zu Kontakten. Er versetzte einen von ihnen nach Alaska, einen nach Hawaii, einen nach

Norfolk und so weiter. Und was wußten sie schon wirklich? Über welche harten Tatsachen verfügten sie? Gut. Mit dieser Zusicherung ließ ich den Kommandanten abtreten und kehrte zu meinem Alien zurück.

Wir erörterten, welche Fragen der ermittelnde Offizier nach seiner Ankunft stellen würde und wie Ravashan auf sie antworten sollte. Ich sah voraus, was ich an seiner Stelle als nächstes tun würde. Das war damit erledigt.

Ich dachte, daß Ravashan mir treu sein würde, treuer als jedem anderen auf der Erde … und, was das betrifft, wenn es hart auf hart kam, auch jedem anderen außerhalb der Erde, auch wenn ich ihm das nicht klarmachte. Ich wußte noch nicht, wie er mir am besten dienen konnte. Aber er würde mir dienen. Er war schlicht zu wertvoll, um ihn wegschlüpfen zu lassen, und ich konnte mir immer noch später etwas ausdenken. Also trafen wir ein Abkommen, das viele Jahre Bestand haben sollte. Es hielt natürlich nicht ewig. Aber nichts hält ewig.

– Aus einer privaten Bandaufnahme

Olir Selmon

Ich war verängstigt. Jedes Geräusch schien monströs. Ich konnte in der Dunkelheit nichts sehen; in den ersten fünf Minuten stieß ich mit Hunderten von Dingen zusammen, und bis heute kann ich nur mutmaßen, was sie gewesen sind.

Ich stolperte weiter. Und währenddessen ging ich zum erstenmal durch das, was mich für den Rest meines Leben jedesmal beim Schlafengehen begleiten sollte. Ich führte eine Untersuchung durch: *Warum* begann der Antrieb plötzlich zu versagen? *Was* habe ich bei meinem Versuch, das Gleichgewicht wiederherzustellen, falsch gemacht? *Wann* hatten die Motoren eigentlich zu versagen begonnen ... war es, zum Beispiel, gewesen, als wir sie zu Hause anwarfen? Waren sie *niemals* in Ordnung gewesen, und ich Narr hatte es nicht bemerkt? Hatten wir Glück gehabt, überhaupt diesen Planeten zu erreichen, bevor die Schwierigkeiten zur Katastrophe führten? Hätte ich, kurz gesagt, *irgend etwas* anders tun können; und wenn das der Fall ist, hätte es einen Unterschied gemacht? Ich konnte es nicht wissen ... mein ganzes Leben lang würde ich mir diese Fragen stellen.

Und ich versuchte mich davon zu überzeugen, daß es tatsächlich gar nicht passiert war – daß ich an Bord des Schiffes schlief und jeden Augenblick aufwachen, reumütig den Kopf schütteln und meinen Pflichten nachgehen würde, gesund und wohlbehalten. Aber ich war nicht gesund und wohlbehalten, und ich wußte es.

Ich stolperte weiter. Und weiter. Es schien, als ob ich niemals aus diesem weglosen Labyrinth dunkler Objekte in der Dunkelheit herauskommen würde, dem Labyrinth unbekannter Stimmen, die wußten *was*, als Antwort auf *was*, mit dem Ziel *wo*. Und *warum* versagte der Antrieb? – Und Joro ... Der arme, glücklose Joro.

Es war die Dämmerung, die allmählich durch die Bäume schien, die so etwas wie Ruhe mit sich brachte. Vor allen Dingen konnte ich endlich die Bäume sehen und mir den Weg zwischen ihnen aussuchen, was das undurchdringliche Gewimmel von kleinen Zweigen und herausstehenden Ästen nahezu auf Null reduzierte. Ich blutete leicht von der hundertfachen Durchdringung meiner Haut, und mein Overall war durchlöchert und mit Blut und Pflanzensaft besudelt. Aber ich war noch funktionstüchtig, und mit der Dämmerung verringerte sich auch die Intensität der Geräusche, so daß ich feststellte, daß ich eindeutig weniger nervös war, und das half mir ebenfalls, mich zu beruhigen. Aber was sollte ich tun? Wohin sollte ich gehen?

Es schienen mir wenige Möglichkeiten zu bleiben. So wenige. Hier stand ich, gestrandet für den Rest meines Lebens, und hatte nichts bei mir außer dem, was ich tragen konnte. Und wer würde mir Unterschlupf gewähren, wenn ich mit Problemen konfrontiert würde, auf die ich keine Antwort wüßte? Was sollte ich tun? Wohin sollte ich gehen? Und während ich mir diese Fragen stellte, ging ich plan- und ziellos weiter, mit keinem anderen Vorsatz, als zu überleben, und was nützte das schon?

Ich gebe freimütig zu – wenn ich an bestimmten Augenblicken an jenem ersten Morgen eine Waffe besessen hätte, hätte ich sie tatsächlich gegen mich selbst gerichtet ... wenn ich mir einen Weg hätte ausdenken können, mich zu töten und trotzdem nach meinem Tod die Waffe zu verstecken. Es ist gut, daß die Doktrin uns nicht gestattet, Waffen zu retten, denn mit Sicherheit würde ein schwaches Wesen in schlimmster Verzweiflung und seelischer Erschöpfung beim letzten Teil nicht soviel Vorsicht walten lassen, wie es sollte, und würde einen geheimnisvollen Leichnam hinterlassen und daneben eine mächtige und rätselhafte Waffe. Es ist gut, daß die Doktrin uns nicht gestattet, Waffen zu retten, wiederholte ich mir selbst und schluchzte.

Es wurde mir auch klar, daß wir auf einen sehr eigentümlichen Teil des Planeten gefallen waren. Er taugte zu nichts. Zur See hin war er durch Preiselbeersümpfe gesäumt; im Westen lag das unergründete Gebiet, das schließlich zu dem Amerika wurde, wie es die meisten Leute kennen; im Norden bestand der Boden eigentlich aus Sand, und die Bäume waren kurz und spindeldürr. Ich konnte vermutlich verstehen, warum es für Hunderte von Meilen der einzige Abschnitt der Ostküste war, in dem nachts keine Lichter brannten – ein dunkler Fleck in dem spitzenartigen Spinnennetz, das ansonsten den Rand diese Kontinents zierte. Wir waren auf ein Ödland gestoßen ... wie man es zugegebenermaßen für Notlandungszonen plante, aber tatsächlich war der Begriff »Notlandungszone« irgendwie ein Witz, der beabsichtigte, einem den Eindruck zu geben, daß die Dinge selbst nach einem Absturz irgendwie unter Kontrolle waren. Aber sie waren nicht unter Kontrolle, oder? Nein, sie waren es nicht; nichts war unter Kontrolle.

Ich kam zu einem Feld in der Mitte des Niemandslandes. Ich war durch Krüppelkiefern gegangen, genauer gesagt – ödes, unbefriedigendes Zeug, das bestimmt nur dazu taugte, die Herzen derer zu brechen, die versuchten, irgendeinen Zweck darin zu erkennen. Und plötzlich kam ich zu einer Lichtung.

Wie vom Blitz getroffen spähte ich hinaus. Es war eine Lichtung im Wald – eher ein Feld als eine Lichtung. Am Rand erhob sich eine kleine Wohnstatt, die nicht geplant war, sondern aus allem, was gerade bei der Hand gewesen war, zusammengeschustert schien, und ein sehr alter, verbeulter Lastwagen, der sich, wie ich annahm, nie wieder wegbewegen sollte, denn die Reifen waren platt, und die Windschutzscheibe war wegen der vielen Brüche undurchsichtig. Er lag am Ende von zwei Radspuren, die zwischen den Bäumen verschwanden; das bißchen Straße hatte genügt, um ihn hierher zu seiner letzten Ruhestatt zu bringen.

Ich sah mir das an und wußte nicht, was ich tun sollte. Ich hatte Angst: davor, mich schließlich darauf festzulegen, mit diesen Leuten zu verkehren; ihre Sprache sprechen zu müssen; mich als einer der ihren auszugeben. Es war sehr schwierig, das ins Auge zu fassen. Wenn irgend etwas passieren sollte – nahezu völlig egal, was –, hätte ich diesen Augenblick hinausgezögert. Und dann fing ein Hund an zu bellen, und ich zog mich in den Wald zurück und ging um das Feld herum und weiter. Ich weiß nicht, wie lange ich weiter ging, bis ich zu einem anderen Ort kam, der dem ersten ähnelte, aber noch kleiner war und in einer Lichtung lag, die man gerade noch als solche bezeichnen konnte, kein Lastwagen, kein Hund, keine Straße, die dorthin führte. Ich umrundete die Lichtung und ging näher und schließlich: eine Scheune, verlassen. Ein Ort, dachte ich, an dem ich mich ausruhen und meine nächsten Schritte überlegen konnte, und ich zog die modernde Decke, die vor dem Eingang hing, zur Seite und schlüpfte rasch hinein.

Es gab nur einen Raum. In dem wenigen Licht, das hereinfiel, sah ich einen sehr alten und mitgenommenen Campingofen, einen Stuhl, eine alte wackelige Kommode und ein Feldbett. Auf dem Bett lagen ein schmutziges, unbezogenes Kissen und eine Decke, die nur geringfügig neuer als die in der Türfüllung war. Es war niemand da – vielleicht war seit langem niemand mehr dagewesen, dachte ich, aber plötzlich war mir das egal. Ich glaube, mir wurde irgendwie klar, daß, wenn ich erst mal schliefe, das weitere nicht meine Schuld sein würde.

Ich legte mich auf das Feldbett und zog die Decke um mich und dachte nach, wie lange es her war, daß ich zum letzten Mal geschlafen hatte, und wieviel passiert war, wieviel sich für immer verändert hatte, seitdem ich das letzte Mal meine Augen geschlossen hatte … und ich schlief.

Ich weiß nicht, wieviel Zeit vergangen war, als ich eine Stimme sagen hörte: »Wach auf! Wach jetzt auf!« Ich öffnete die Augen. Ich wußte kaum, wer ich war oder wo ich war, und spähte in wachsender Panik, die, wie es mir schien, mein Herz zum Stillstand zu bringen drohte, zur anderen Seite des Raums und sah einen alten Mann, der ruhig auf dem Stuhl saß. Er hatte ein Gewehr auf seinem Schoß – eine einläufige Büchse, Kaliber .22, wie ich später erfuhr, mit der er Kleinwild jagte –, und trotz der Waffe wirkte er nicht besonders bedrohlich. Er schien in meinen viel, viel jüngeren Augen sehr alt zu sein. Er sah mich an und sagte wieder: »Wach jetzt auf!« Und dann lachte er, und auch wenn ich genaugenommen nicht sicher sein konnte, weil Lachen hier schließlich eine etwas andere Bedeutung haben konnte, war ich mir gleich im ersten Moment sicher, daß er heillos verrückt war. Und ich hatte recht … sein Lachen war zu frei, er freute sich zu sehr an kleinen Dingen; er war … komplett übergeschnappt.

Was nicht hieß, daß er nicht die meiste Zeit so geistig gesund wie jeder andere war. Allerdings hieß es, daß sein Verstand die Brücken zur Außenwelt abgebrochen hatte, und an ihre Stelle waren extravagante Strukturen getreten, die zwar eine wesentlich geringere Last tragen konnten, aber dafür erheblich kühner waren.

Sein Name war Jack English, und sein Alter war nur schwer zu schätzen, aber wahrscheinlich war er um die fünfundsechzig. Er hatte, soweit ich das beurteilen konnte, seit langer Zeit auf diesem Fleck in den Barrens gelebt, und ich glaube, er hat einmal eine Frau gehabt, aber sie war vor zwanzig oder fünfundzwanzig Jahren verschwunden, und er rechnete nicht damit, sie wiederzusehen. Er lachte erneut.

Er lebte, wie ich bereits sagte, in den Barrens, und wie die meisten Leute dort lebte er auf Boden, der nicht ihm gehörte, aber auch sonst niemandem zu gehören schien. Er lebte in einem Haus, das er innerhalb von zehn Minuten verlassen konnte und von dem aus er jederzeit eine Meile in eine beliebige Richtung gehen und ein genau gleiches in kürzester Zeit wiederaufbauen konnte. Er hatte natürlich weder Strom noch fließendes Wasser, und daraus ergab sich die einzige Einschränkung für ihn: daß er in der Nähe eines Wasserlaufs lebte. Aber er war seit über fünfundzwanzig Jahren nicht mehr umgezogen.

Er erzählte mir das und mehr, als der Morgen verging. Ich saß auf einer Kiste, und er saß auf einem Stuhl.

Wir unterhielten uns. Das heißt, er fragte mich, wer ich sei und was ich täte, was mich in die Barrens geführt hätte – wodurch ich zum erstenmal von ihnen hörte – und was mich speziell zu seiner Hütte geführt hätte. Aber als ich versuchte, ihm weiszumachen – daß ich Charlie Mortimer hieße, Angehöriger eines Sonderkommandos der Armee sei und mich verlaufen hätte –, lachte er und nannte mich einen Lügner. Vielleicht war mein Name Mortimer, auch wenn er es bezweifelte, aber daß ich Angehöriger der US-Armee war, bezweifelte er stark, denn ich führte keine militärische Ausrüstung mit mir, und er bezweifelte, daß ich mich so hatte verlaufen können, um mich komplett von der restlichen Gruppe zu trennen; er bezweifelte, daß ich mich überhaupt verlaufen hatte. Was genau wollte ich von ihm; wieso war ich zu seiner Heimstatt gekommen? Und als ich ihm erzählte, daß ich nur zufällig dorthin gekommen sei, lachte er nur, immer weiter. Und schließlich sagte er auf seine verrückte Art: »Wissen Sie, was ich denke, Mr. Mortimer? Ich glaube, Sie sind in einer fliegenden Untertasse heruntergekommen und versuchen, mich zum Narren zu halten. Das glaube ich. Entweder das, oder Sie sind ein ausgebrochener Gefangener. Das glaube ich. Und wissen Sie was, Mr. Mortimer? Es kümmert mich wirklich einen Dreck, solange Sie keine Dummheiten anstellen.«

So verging mein erster Morgen auf der Erde. Und, das ist schwer zu erklären, aber nach einer Weile zeigte er mir, wie man aus einem toten Eichhörnchen und etwas Mehl eine Mahlzeit zubereitet. Wir aßen aus einem Teller und einem Stück Pappe, das wie ein Teller geformt war; er hatte ein Messer und ich eine Gabel, und es schmeckte köstlich. Ich hatte natürlich lange nichts mehr gegessen, aber es war köstlich. Und wir tranken etwas Wein aus einem Glaskrug, den er besaß, und schließlich ging die Sonne unter, und es war Zeit, schlafen zu gehen. Und er zeigte mir eine Ecke der Hütte, wo ich mir ein Bett machen konnte. Er hatte anscheinend überhaupt keine Angst vor mir.

Der nächste Tag verlief fast genau wie der vorige, und nach ungefähr einer Woche ging er weg und kam mit einem neuen Krug, einem Laib Brot und ein paar anderen Notwendigkeiten zurück. Wir waren trotzdem weiter auf Eichhörnchen und andere Kleinlebewesen für unsere Hauptmahlzeiten angewiesen. Er konnte sehr gut mit seinem Gewehr umgehen, und aus den Wochen wurden Monate, und irgendwie kamen wir zu Rande. Manchmal sagten wir tagelang nichts, nachdem die anfängliche Flut von Lügen und Halbwahrheiten abgeebbt war. Ich kochte und bat um nichts, und er schien damit zufrieden zu sein. Damit und mit den Nächten, die ich hin und wieder mit ihm auf dem Bett verbrachte.

Und schließlich ließ er mich zu dem einige Meilen entfernten Gemischtwarenladen am Rand der Barrens gehen und die Preiselbeeren und verschiedene andere Dinge, die wir im Wald fanden – Äxte und Sägen und ähnliches, wenn wir vorsichtig waren und die Besitzer es nicht bemerkten –, gegen die Erzeugnisse eintauschen, die wir benötigten. Damals trug ich natürlich Latzhosen. Zumindest sagt mir das meine Erinnerung ... das ganze Geschehen hat etwas Verschwommenes ... und einige Jahre später starb er eines Morgens. Aber zu jenem Zeitpunkt hatte ich mich ganz gut an das Leben als Erdling gewöhnt, und einige Wochen später ging ich mit dem Inhalt eines vergrabenen Glases weg – einhundertundzwölf Dollar –, das er mir am Tag vor seinem Tod gezeigt hatte.

Eine Zeitlang arbeitete ich als Tellerwäscher in einem Lokal, um aus den Barrens herauszukommen, und danach war ich einige Zeit Tagelöhner, und dann, als ich in einer Stadt namens Mays Landing wohnte, schrieb ich einen Brief, um meine Geburtsurkunde zu erhalten. Man durchsucht einfach die alten Ausgaben einer Zeitung, bis man einen Säugling findet, der ungefähr zu jener Zeit, in der man geboren sein möchte, gestorben ist, und dann fordert man eine Kopie der Geburtsurkunde an, und von da an ist man die Person. Nach außen hin.

Ich glaube, es war das Mutigste, was ich je getan habe. Nehmen wir mal an, jemand anderes hätte bereits diese Urkunde angefordert? Ich mietete mir ein Postfach und ließ den Brief eine Woche darin liegen, schnappte ihn mir schließlich und verließ sofort die Stadt. Ich reiste durch das ganze Land, fuhr mit dem Zug nach Oakland. Dort bekam ich eine Stelle als Technischer Zeichner, wohnte in einem Zimmer und dachte, ich würde den Rest meines Lebens in Oakland verbringen, das mir nicht besser oder schlechter gefiel als der Rest des Landes. Aber Eikmo lief mir über den Weg oder ich ihm, und ich zog nach Chicago ... oder, genauer gesagt, nach Shoreview. Und dort lief ich Dwuord Arvan über den Weg, und ich wußte, daß es zwecklos war, und dann las ich schließlich die Zeitung, und ich konnte nicht anders als Dwuord zu konfrontieren, und dann hat es mir gereicht, wirklich gereicht.

Sie müssen begreifen, daß ich, als ich meinen Kopf umwandte und sah, daß meine Hand die Stromschiene berühren würde, hätte innehalten können – ich dachte an die Autopsie, aber mir wurde plötzlich bewußt, daß es mir egal war.

Verstehen Sie? Ich war so tief gesunken. Zum Teufel mit dem ganzen Spiel. Und ich streckte meine Hand absichtlich aus und starb in violettem Feuer.

– Niemals enthüllt. A. B.

Jack Mullica

Wir gelangten schließlich zum Hof ihres Vaters – Nicks Hof – am Rande der Barrens. Der Hof war nicht gerade beeindruckend; die Gebäude waren alt, und selbst das Wohnhaus war vom Alter gebeugt. Er war auch nicht groß. Auf der anderen Seite war der Ackerboden etwas besser, es gab Gras und einige hohe Bäume, die sich eindeutig von den Kiefern in den Barrens unterschieden. Mehrere Nebengebäude, darunter eine Scheune, gehörten zum Hof.

Die gesamte Anlage war nicht groß, aber andererseits hatte Nick Olchuk schon lange die Idee aufgegeben, damit einen Lebensunterhalt zu verdienen. Er hatte einige Tiere – ein paar Ziegen, einen Verschlag voller Kaninchen, einen Hund, genug Hühner, um Nick und Margery mit Eiern zu versorgen, und natürlich Katzen, die eigentlich wild waren. Ich wußte im einzelnen wenig davon, als ich am Straßenrand stand und im ersten Licht der Morgendämmerung eine schwitzende Margery stützte, aber man mußte nicht die Einzelheiten kennen, um das Wesentliche zu begreifen. Der Hund, Prince, war aus dem Faß gekommen, das neben der Scheune lag und an das er angekettet war. Er bellte mich wütend an.

»Trautes Heim, Glück allein«, sagte Margery. Sie rief zum Hund hinüber: »Halt's Maul, Prince. Ich sagte, halt's Maul!«, und das Tier verstummte, stand neben seinem Faß und musterte mich scharf. Margery drehte sich zu mir um. »In Ordnung. Sie können in der Scheune schlafen. Ich bringe Ihnen etwas zu essen, bevor ich zur Arbeit gehe. Jetzt muß ich nach drinnen und meinem Vater Ihre Anwesenheit erklären.«

Ich blickte sie an. Bis zu diesem Augenblick hatte sie für mich aus der Kühle ihres Körpers, seines Umfangs und seiner Gerüche bestanden. Ich hatte nur einige flüchtige Blicke auf sie erhascht, aber jetzt stand sie zum erstenmal etwas entfernt von mir. Vielleicht hatte sie mich ähnlich erfahren, denn sie nahm sich ebenfalls eine Minute Zeit, um mich von oben bis unten zu mustern.

Sie war ungefähr von meiner Größe und sah mit Ausnahme einer Tendenz zu übertriebenem Make-up nicht schlecht aus. Ich stand da und sah mir für einen Augenblick ihr Gesicht genau an und versuchte herauszufinden, was mir daran so sonderbar erschien. Als ich sie später wiedersah, war ihr Gesicht weniger lebendig, und ganz besonders ihre Augen waren viel nichtssagender, und dann ging mir auf, daß es ihr Make-up gewesen war. Was mir noch für viele Jahre nicht aufgehen sollte, war, daß ich sie niemals wirklich sah; sie trug immer Make-up. Aber das gehört im Augenblick nicht zur Sache.

Sie war schlank und hatte lange Beine. Aber ihr Körper neigte zu einer Seite, und eines ihrer Beine war viel dünner als das andere. Sie trug ein Kleid, das man aus einem Hühnerfuttersack genäht hatte – das Futter wurde in Kattunsäcken verkauft, auf denen sich speziell zu diesem Zweck keine Firmenaufdrucke befanden –, und sie sah formlos aus. Ich fand später heraus, daß sie bei unserem ersten Treffen gerade neunzehn gewesen war, und einer der Zwecke des übertriebenen Make-ups war gewesen, älter auszusehen. Jetzt war es aber verschmiert und saß schief.

»Fertig?« sagte sie.

»Wie bitte?«

»Sind Sie damit fertig, mich anzusehen?«

Ich versuchte zu lächeln. »Ja. Wissen Sie, Sie sind nicht übel anzuschauen.«

»Blödsinn«, sagte sie und wandte sich ab, um zum Haus zu gehen. Es schmerzte, ihr beim Gehen zuzusehen, ganz besonders da sie wußte, daß ich sie beobachtete. Ich ging zur Scheune, hob den hölzernen Riegel an und ging hinein.

Die Scheune war seit langem nicht mehr für irgendeinen speziellen Zweck benutzt worden. Sie roch vage nach etwas Unangenehmem – ich erfuhr später, daß es Moder war – , aber der Geruch war nicht überwältigend. Es gab einige Stellen, an denen andere Düfte überwältigten – Haufen von Katzen- und Rattenscheiße –, aber diese waren begrenzt, und ich mied sie. Entlang einer der Wände waren Futtersäcke aufgereiht, und mehrere Katzen, die in verschiedenen Schlupfwinkeln geschlafen hatten, blickten mich beim Hereinkommen an, aber mehr geschah nicht. Die Scheune war eigentlich ein leerer Raum, der von vier Wänden und einem Dach umgeben war. Ich ging zu den Futtersäcken, und sie gaben ein ansehnliches Bett ab. Das war meine größte Sorge. Ich war, weiß Gott, müde genug. Und ohne weiteres Aufhebens legte ich mich hin. Ich dachte mir noch, daß das Leben auf der Erde seltsamer war, als es von rechts wegen sein sollte, und dann war ich eingeschlafen.

Ich wachte lange danach auf – dem Licht nach zu urteilen, das durch die Ritzen drang, war es später Nachmittag –, und neben mir stand eine auf den Kopf gestellte Kiste auf dem Boden der Scheune, die vorher nicht dagewesen war. Ich hob sie an und fand darunter ein Sandwich und ein Glas roter, süßer Flüssigkeit. Eine Limonade, Kool-Aid, wie sich herausstellte. Ich stellte die Kiste wieder darüber und ging zur Hintertür, die festgeklemmt und seit Jahren nicht mehr geöffnet worden war. Aber ich zerrte an ihr und schaffte es, sie vier oder fünf Zentimeter weit zu öffnen, um nach draußen zu urinieren. Für eine Minute kam es mir witzig vor; ich ließ Wasser, das noch nie vorher auf der Erde gewesen war. Aber ich war nicht der erste, dem so geschah, und ich ging zurück zu dem Essen. Die Katzen versuchten einen Weg zu finden, sich Zugang zu ihm zu verschaffen. Ich lächelte, jagte sie weg, aß alles auf, jeden einzelnen Brocken, und trank das Kool-Aid, was ich nach den ersten paar Malen nicht mehr getan habe, weil es fast immer Verstopfungen verursacht. Aber ich hatte damals einen ganz schönen Durst.

Ich machte Bestandsaufnahme. Es gab nicht viel aufzunehmen. Ich befand mich in Margery Olchucks Scheune, nachdem ich meine abgestürzte fliegende Untertasse und meine restliche Mannschaft verlassen hatte. Ich trug meine Standard-Drillichuniform, die einem Overall ähnelte, meine Standard-Schuhe, die nur entfernt irdischen Modellen glichen – bis Adidasschuhe aufkamen, aber das war erst viel später –, aber durchgehen würden, und hatte meinen Erste-Hilfe-Kasten sowie meine eisernen Rationen, die sich in zwei Taschen meiner Uniformhose befanden.

Die eisernen Rationen durfte man behalten; wir hatten alle dem Schiffsdrill gehorchend eine Mahlzeit von ihnen verzehrt, und sie würden zweifellos in einem schrecklichen Notfall Leib und Seele zusammenhalten. Niemand beklagte sich jemals über sie. Wer konnte das schon? Jedenfalls nicht diejenigen, die von dem Zeug wirklich leben mußten. Im Erste-Hilfe-Kasten befanden sich alle möglichen Goodies, aber ich benötigte keines davon. Und das war es schon – oh, ich hatte eine Identität, Jack Mullica, die gleichzeitig elendig durchsichtig und zu gut eingeführt war, um sie aufzugeben. Ich schwor mir, daß ich es, wenn ich mich jemals wieder in einer abstürzenden fliegenden Untertasse befinden sollte, besser machen würde.

Und das war es wirklich schon. Ich erwog, ins Haus zu gehen und mit Nick zu sprechen, und verspürte leichte Neugierde, weil er nicht herausgekommen war, um mehr über mich herauszufinden, aber er war für mich zu sehr eine Unbekannte, um den Gedanken ernsthaft in die Tat umzusetzen. Ich wußte nicht einmal seinen Namen. Also setzte ich mich auf die Futtersäcke und sah den Katzen zu, die den Teller und das Glas ableckten, und als eine von ihnen vorsichtig zu mir kam, kraulte ich sie hinter den Ohren, bevor sie sich wieder trollte. Ich fragte mich, was für Überraschungen Margery für mich bereithalten mochte. Wenn ich mich nicht damals fragte, so fragte ich mich später oft. Ich sehe keinen Grund, nicht davon auszugehen, daß ich dort in der Scheune – ohne es zu wissen, oder zumindest ohne zu wissen, was sie mich über die Jahre kosten würde – mit dieser Gewohnheit begonnen habe.

Es ist nicht so übel gewesen.

Abends brachte sie mir wieder Essen, einen Hamburger und ein weiteres Glas Kool-Aid. Sie trug Jeans und ein weißes T-Shirt über dem BH. Ich mochte ihre Brüste. Sie sah müde aus. Sie sah nicht süß oder mädchenhaft aus, sondern geschäftsmäßig. Sie reichte mir das Essen und setzte sich neben mich auf die Futtersäcke. »Er ist nicht hierhergekommen?« fragte sie, und ich nickte. Dann entsann ich mich und sagte: »Nein.« Sie blickte mich geduldig an. »Was jetzt?«, und ich sagte wieder »Nein«, und sie nickte. »Ich hatte nicht damit gerechnet.« Sie schüttelte den Kopf. »Er trinkt. Ich trinke auch, aber er säuft.«

»Was macht er sonst?«

»Nun, das war's eigentlich schon. Wir haben Glück, daß wir den Hof halten können. Aber er hat die Hypothek abbezahlt, bevor er mit dem Saufen angefangen hat, und mein Job bei der Glasfirma scheint sicher zu sein.«

»Glasfirma?«

»Kimble Glass. In Vineland. Ich nehme den Bus. Ich arbeite im Büro als Lohnbuchhalterin.«

Ich nahm an, daß Vineland eine Stadt war. »Was stellt Kimble Glass her?«

»Medizinische Glaswaren. Wir gehören zu Owens Corning.« Ich wußte nicht, was das war, aber das machte nichts. »Wann wollen Sie weiterziehen?«

Weiterziehen. Ich sträubte mich dagegen, weiterzuziehen. »Ich weiß nicht. Möchten Sie, daß ich bald gehe?«

»Essen Sie Ihr Abendessen auf, bevor es kalt wird.« Dann schaute sie mir geradewegs in die Augen und sagte: »Wir können es uns nicht leisten, Sie für längere Zeit hierzubehalten.«

Nun, das war ziemlich deutlich gewesen. Ich biß in den Hamburger. »Gibt es irgendeine Arbeit, die ich erledigen könnte?«

»Was hatten Sie gesagt, wohin Sie unterwegs waren, als Sie auf mich gestoßen sind?«

»Ich glaube nicht, daß ich etwas sagte. Eigentlich nirgendwohin.«

Sie nickte. In ihren Augen zeichnete sich Verstehen ab. Nicht Wertung, nur Verstehen. Es war schwer, dem zu begegnen. »Sie haben nirgends auf diesem Kontinent einen Ort, wohin Sie gehen könnten, nicht wahr, Jack Mullica?« Und bevor ich eine Erwiderung formulieren konnte, sagte sie: »Ist in Ordnung. Manche, die hier geboren wurden, haben auch nichts, wohin sie gehen könnten.« Sie grinste schief. »Ich weiß nicht. Es gibt hier ein paar Leute, die mir etwas schulden. Vielleicht können wir einen Job für Sie finden. Mal abwarten.«

Ich war fertig mit meiner Mahlzeit. »Hören Sie zu.« Ich hatte sorgfältig darüber nachgedacht. »Hören Sie zu«, sagte ich ein zweites Mal, »ich möchte, daß Sie mir einen Gefallen tun.«

»Einen Gefallen.«

»Ganz recht.«

»Was für einen Gefallen?«

»Ich möchte, daß Sie mir erlauben, etwas mit Ihrem Bein zu probieren.«

Sie starrte mich ungläubig an. Dann brach sie in Gelächter aus. »Mit meinem *Bein?*« Es war kein aufrichtiges und offenes Lachen. Nach dem ersten Moment echten Schocks war es rauh und mechanisch. Es hallte von den Scheunenwänden sarkastisch und wütend zurück. Sie drehte sich zu mir, um mir mit dem ganzen Körper gegenüberzustehen, und streckte mir das dünne Bein entgegen. »Mein Bein. Ich habe in meinem Leben viele Gefallen getan«, sagte sie. »Aber nicht mit meinem Bein.« Dann grinste sie schief. »Oder haben Sie mein anderes Bein gemeint?«

Ich machte hartnäckig weiter. Ich wußte, daß es der einzige Weg war, auf dem ich zu jenem Zeitpunkt zu ihr durchdringen konnte. Also fuhr ich unbeirrt fort. »Ich möchte Ihr Bein mit meinem Erste-Hilfe-Kasten behandeln.«

»Ihrem was?«

»Meinem Erste-Hilfe-Kasten.« Ich zog ihn aus der Tasche. »Ich weiß nicht, ob es was nützen wird. Aber es kann nicht schaden. Ich möchte es probieren.«

»Ja, klar. Ich vergaß. Ihr Erste-Hilfe-Kasten«, sagte sie. »Der Erste-Hilfe-Kasten!« Sie begann von neuem zu lachen. Sie streckte die Hand aus und nahm ihn. »Der Erste-Hilfe-Kasten!« Sie schüttelte den Kopf und sah ihn genauer an. Dann blickte sie mich an. »Ich kann außer Johnson & Johnson keines der Worte lesen.«

Ich zuckte die Achseln.

Einen Augenblick lang biß sie sich auf die Lippe, dann sah sie mich wieder an. »Glauben Sie wirklich, daß es irgend etwas nützen wird?« Und ich hörte den schwachen Unterton der Hoffnung heraus, den sie neben allem anderen in die Frage legte, die zu neunundneunzig Prozent mit Gleichgültigkeit aufgeladen war.

»Ich weiß nicht«, wiederholte ich. »Es ist den Versuch wert.«

»Hm, was muß ich tun?«

Ich blickte auf den Boden. »Ziehen Sie Ihre Hose aus.«

Sie begann wieder zu lachen, und ich wandte mich zu ihr um. »Wissen Sie was? Ziehen Sie die Hose aus, oder lassen Sie es sein; ich glaube, daß ich Ihnen etwas Gutes tun kann, aber vielleicht liege ich falsch. Wenn ich mit Ihnen kopulieren wollte, würde ich wenigstens bis morgen damit warten, angesichts der Tatsache, daß Sie seit dem letzten Mal nicht zum Schlafen gekommen sind. Ist das klar?«

Sie wollte etwas sagen, aber meine Wortwahl würgte ihre Reaktion ab, bevor sie überhaupt angefangen hatte. »Mit mir *kopulieren?*« Sie kicherte und legte die Hand vor den Mund. Aber es nützte nichts; das Kichern wurde immer lauter und verwandelte sich in schallendes Gelächter. Sie sah mich an, als ob ich vom anderen Ufer käme, und konnte nicht mehr mit dem Lachen aufhören. Sie lachte immer noch, als sie aufstand und den Gürtel ihrer Jeans löste, den Hosenladen aufknöpfte und die Jeans herunterzog. Sie trug einen weißen Baumwollslip. Sie stieg aus der Jeans, kickte sie beiseite und sagte: »Was kommt jetzt?«, während sie immer noch ein wenig lachte. Für einen

Augenblick schien sie sich nicht bewußt zu sein, wie dünn und schwach das Bein im Vergleich zu dem unversehrten wirkte, und dann bemerkte ich, daß sie genau wußte, wie es aussah, und sie stand wie eine junge, wenn auch müde Königin da und beherrschte die Lage vollkommen. Wir standen uns in der Scheune gegenüber, und unsere Beziehung zementierte sich genau an dieser Stelle und hat sich bis heute nicht mehr verändert, wann immer auch heute ist. Ich deutete auf die Säcke. »Setzen Sie sich hin«, sagte ich, und sie setzte sich, aber nicht um mir, sondern um sich selbst einen Gefallen zu tun, und wartete.

Ich öffnete den Kasten und nahm die Dose mit der Muskelsalbe heraus. Die Salbe war dafür gedacht, Quetschungen schneller heilen zu lassen. Sie wirkte keine Wunder, aber sie verkürzte Heilungsprozesse dramatisch. Vielleicht konnte sie etwas für sie ausrichten. »Strecken Sie das Bein aus«, sagte ich und nahm zwei Fingerspitzen von der Salbe. »Entspannen Sie sich einfach.« Ich rieb mit den Fingern über die Außenseite des Oberschenkels und verstrich die Salbe. Die Muskeln fühlten sich sonderbar an, überhaupt nicht wie gewöhnliche Muskeln. Aber innerhalb einer halben Minute waren die Finger meiner anderen Hand, die auf der Innenseite des Oberschenkels ruhte, glitschig von der Salbe, die durch das Bein gedrungen war. Ich strich die Hand über den sich sonderbar anfühlenden Muskel und arbeitete die Salbe ein, und nach kurzer Zeit waren die Fingerspitzen der ersten Hand wieder glitschig. Die Salbe arbeitete sich hin und her, und jedesmal kam etwas weniger auf der anderen Seite zum Vorschein, bis sie schließlich verschwunden war.

Sie sah mich eigentümlich an. »Es ist, als ob ich fühlen könnte, wie sie durch mich hindurchzieht«, sagte sie. Ich nickte. »Und ich schmecke Knoblauch.«

»Sie schmecken was?«

»Knoblauch«, sagte sie etwas unduldsam.

»Interessant.« Jetzt wußte ich also, wie Knoblauch schmeckt. »In Ordnung, jetzt kümmern wir uns um das restliche Bein.« Wir rieben das restliche Bein ein. Ich hatte ungefähr ein Fünftel der Salbe verbraucht. Ich blickte auf. »Das ist alles.«

Sie bewegte das Bein nicht. Ihre Stimme war betont unbeteiligt. »Was wollen Sie damit genau sagen? Das ist alles?«

»Das ist alles, was ich im Augenblick tun kann. Sie sollten innerhalb von Stunden etwas spüren – wahrscheinlich eine Hitzewallung; weniger Behinderung bei Bewegungen; vielleicht etwas Muskelwachstum. Es wird anfangs nicht viel sein. Es wird vielleicht nie viel werden. Wir werden auf jeden Fall in vierundzwanzig Stunden mehr auftragen. Und vielleicht geschieht etwas Bleibendes. Das ist alles.«

Sie erhob sich von den Futtersäcken, betastete mit den Zehen des verkrüppelten Beins den Boden, verdrehte es etwas und blickte an ihm hinunter. Dann zog sie wieder ihre Jeans an. »Es fühlt sich warm an«, sagte sie.

»Das kommt vielleicht nur durch die Massage.«

»Ich … ich glaube nicht.«

»Lassen Sie es dabei bewenden«, sagte ich. »Lassen Sie es dabei bewenden; entweder beginnt es zu heilen oder nicht, und was Sie denken, spielt keine Rolle. Was ich denke, spielt ebenfalls keine Rolle. Lassen Sie es einfach dabei bewenden.« Ich stand auf und drehte den Verschluß auf die Salbe, als mir klar wurde, daß ich etwas begonnen hatte, von dem es kein Zurückweichen mehr gab. Ich sah sie an, wie sie gerade den Gürtel zusammenzog und soweit war, den Hosenladen zuzuknöpfen. »Alles in Ordnung?«

Sie hatte den Kopf nach vorne geneigt; die Haare fielen ihr ins Gesicht, so daß ich ihren Gesichtsausdruck nicht sehen konnte. »Alles in Ordnung.« Dann sagte sie: »Kommen Sie mit ins Haus; Sie könnten eine Dusche vertragen.«

»Das denke ich auch«, sagte ich.

Und so lernte ich ihren Vater kennen. Er saß in der Küche mit einem halbleeren Glas und einer Flasche vor sich. Er blickte mich ausdruckslos an, als ich den Raum betrat. Ich glaube, er war um die fünfzig, ein Mann mit einem kantigen, kahlen Kopf, schlechten Zähnen und blaßblauen Augen. Er trug ein Unterhemd und eine Arbeitshose. Ohne daß sich sein Gesichtsausdruck veränderte oder er die Stimme erhob, sagte er zu seiner Tochter: »Ich dachte, ich hätte dir gesagt, du sollst deine Männer nicht nach Hause bringen. Ich habe dir klar gesagt ...«

»Er ist keiner von meinen Männern«, sagte Margery.

»Du erwartest von mir, das zu glauben?«

»Ich bin keine Lügnerin.«

Er runzelte nachdenklich die Stirn. Dann nickte er. »Nein. Das bist du nicht.« Er runzelte die Stirn. »Das bist du nicht«, sagte er. Er sah mich an. »Na schön. Wie heißt er?«

»Mein Name ist Jack Mullica«, sagte ich. »Freut mich, Sie kennenzulernen, Mr. Olchuck.« Ich streckte meine Hand aus.

Er ignorierte sie. »Sind Sie das? Erfreut, Margerys saufenden Vater kennenzulernen? Wäre ich an Ihrer Stelle nicht.« Er nahm einen Schluck aus dem Glas. »Machen Sie weiter mit dem, weshalb Sie auch immer hier sein mögen. Sie brauchen sich keine Mühe zu geben, freundlich zu sein. Ich kann damit nicht wirklich etwas anfangen.« Er nahm einen weiteren Schluck. »Auf der anderen Seite bin ich nicht böse. Seien Sie dankbar für das, was Ihnen beschert wird.« Er blickte nachdenklich drein. »Ja. Alles in allem würde ich sagen, seien Sie dankbar für das, was Ihnen beschert wird.«

»Komm schon, Jack«, sagte Margery und zog mich am Arm. Und ich folgte ihr. Was hätte ich sonst tun sollen?

Das Bad war vollgestopft – ein Waschbecken, das Klo und eine Badewanne mit daran befestigter Dusche wetteiferten miteinander um den wenigen Platz, wodurch nur sehr wenig unbedeckter Boden übrigblieb –, aber es war keinen Deut schlimmer als die entsprechende Einrichtung im Schiff. Es war sogar etwas geräumiger. Jedenfalls beklagte ich mich nicht. Ich war an jenem Abend bereits gezwungen gewesen, die Scheune lange genug zu verlassen, um hinter einigen Büschen in die Hocke zu gehen und mich hinterher mit Blättern abzuwischen. Ein solches Erlebnis läßt einen die Bequemlichkeiten eines Hauses sehr schnell schätzenlernen.

Sie musterte mich von oben bis unten. »Ich denke, eine Jeans und ein Hemd meines Vaters sollten dir passen. Und Unterwäsche. Das muß genügen. Na schön, dann laß ich dich jetzt in Ruhe.« Und das tat sie und schüttelte danach den Kopf in einer Geste, die alles oder nichts bedeuten mochte.

Aber als ich mit dem Duschen fertig war – und, oh, es war eine gute Dusche, nachdem ich erst einmal herausgefunden hatte, wie sie funktionierte – es gibt Dinge, die kann man nicht richtig vom Fernsehen lernen; nicht einmal vom heutigen Fernsehen, und damals war es viel schlechter –, öffnete sie die Tür einen Spaltbreit und reichte mir einen kleinen Haufen Kleidung, der die vorher angekündigten Teile sowie ein Paar weiße Baumwollsocken enthielt. »Reich mir deine alten Kleider«, sagte sie. »Ich wasche sie mit, wenn ich das nächste Mal die Wäsche mache.«

Ich reichte sie ihr, nachdem ich meine eisernen Rationen und den Erste-Hilfe-Kasten aus den Taschen genommen hatte. Was bedeutete, daß der Erste-Hilfe-Kasten sichtbar war, weil er in keine der Taschen der Jeans paßte. Ich ging davon aus, daß es nicht wirklich einen Unterschied machte, aber trotzdem konnte ich nicht umhin, ihn anzustarren und mich zu fragen, ob er dem Bein in irgendeiner Weise half, und dann wurde mir bewußt, daß er jetzt der einzige Gegenstand war, der mir noch aus der Zeit vor dem Absturz gehörte und über den ich noch die Kontrolle besaß. Plötzlich schien er mir wie ein alter Freund. Und sein Inhalt schwand dahin. Ich stand mit dem Erste-Hilfe-Kasten in der Hand da und blickte die Aufschrift an, und die Aufschrift war gar keine Aufschrift, und plötzlich wurde mir klar, daß ich weniger als einen Tag auf diesem Planeten verbracht hatte und ich jetzt schon mehr Erdling war als irgend etwas anderes. Was genau dem entsprach, was die Leute auf meinem Heimatplaneten unter diesen Umständen wollten. Es lief alles gut. Alles. Ich stand in geliehenen Kleidern im Bad eines Bauernhofs, der sich gerade so über Wasser halten konnte, und war auf ein Mädchen angewiesen, das sich gerade so halten konnte, und zu einem gewissen Grade auf ihren abgedrehten Vater; ich hatte keine Arbeit, nicht wirklich einen Platz zum Schlafen, kein Geld, und alles lief gut.

Ich verbrachte einen weiteren Tag in der Scheune und ging nur während der Nacht für kurze Zeit ins Haus. Der Vater ignorierte mich. Margery sah mich argwöhnisch an. Sie schien mir, den wenigen flüchtigen Blicken nach zu urteilen, die ich erhaschte, das Bein versuchsweise ein wenig anders aufzusetzen. Aber ich konnte mir nicht sicher sein, und sie schien es fast zu verstecken. Nach dem Abendessen ging sie mit mir zusammen zur Scheune. »Wenn du weiter an meinem Bein arbeiten willst, ist das in Ordnung«, sagte sie beiläufig.

»Ganz recht, seit dem letzten Mal *sind* vierundzwanzig Stunden vergangen, nicht wahr?« sagte ich.

»Ja.« Sie knöpfte die Hose auf, ließ sie herabgleiten und setzte sich auf die Säcke. Ich holte den Erste-Hilfe-Kasten heraus, entnahm den Behälter mit der Muskelsalbe und ging zu ihr herüber. Das Bein war in merklich besserem Zustand. Es war weniger schwach, fühlte sich mehr wie ein normales Bein an und sprach besser auf Reize an. Ich sagte nichts dazu. Ich trug einfach die Salbe auf, und sie starrte einfach über meine Schulter hinweg auf die Wand; ihr Gesicht war vollkommen ausdruckslos. Man konnte nur deshalb feststellen, daß etwas vor sich ging, weil sie weinte, stumm und nicht heftig, aber gleichmäßig. Als wir fertig waren und sie ihre Hose wieder anzog, waren ihre Wangen feucht.

»Deine Hände sind warm«, sagte sie. »Dein ganzer Körper ist warm. Das ist mir gleich von Anfang an aufgefallen. Bist du krank?«

Ich schüttelte den Kopf; diesmal machte ich die richtige Geste. Mir war aufgefallen, daß sie kalt war; nicht viel kälter als normal, aber trotzdem … »Nein. Das ist einfach so.«

Sie sah mich lange an. Dann zuckte sie die Achseln und verließ die Scheune.

Am nächsten Tag kam sie nach der Arbeit zur Scheune. Sie blickte mich aus zusammengekniffenen Augen an und schwang ihr Bein. Ihr Gang war bereits viel normaler. Keiner von uns beiden sagte etwas. Entweder es funktionierte, oder es funktionierte nicht. Es schien zu funktionieren. Was konnte man sonst noch dazu sagen? Schließlich sagte sie: »Komm mit« und deutete mit einer Kopfbewegung in Richtung von etwas vor der Scheune. Sie stand mit einer Hand an der Tür da, und ich ging zu ihr.

»Was ist los?« sagte ich, und sie sagte: »Steig in den Wagen.« Ich blickte auf den Hof, und dort stand ein Auto.

– Mullicas Erinnerungen, rekonstruiert

Einwurf, Dwuord Arvan

Ich brauchte eine Weile, um mich an die Tiere zu gewöhnen – die Katzen, die Hunde, die Hühner und wie sie auch immer heißen mögen. Sie passen auf eine Art und Weise, die ich nachvollziehen kann, in ihre ökologischen Nischen, aber es waren nicht dieselben Tiere, die wir zu Hause hatten. Und es ist auch nicht dasselbe, sie im Fernsehen zu sehen oder zu spüren, wie sie sich tatsächlich an einem reiben. Es ist eine Tatsache, daß sie anfangs furchterregend wirken. Besonders die Katzen.

Aber man braucht nicht lange, um sich an sie zu gewöhnen, um zu erkennen, daß eine Katze zutiefst unschuldig ist. Das Gehirn von Hühnern ist nicht der Rede wert. Ein Hund scheint irgendeine Vorstellung davon zu haben, daß er, je nach Handlung, etwas Gutes oder Schlechtes tut. Aber eine Katze macht alles auf dieselbe Weise – tötet und schnurrt, spielt mit einem Garnknäuel oder einer dem Tode geweihten Maus; für sie ist beides dasselbe. Wir haben keine vergleichbaren Wesen auf meiner Heimatwelt; es ist beunruhigend, zu viel über Katzen nachzudenken, und ich danke euren Sternen dafür, daß sie nicht größer sind. Aber man gewöhnt sich an sie, besonders wenn einem aufgeht, daß sie im großen und ganzen mit Menschen nichts zu tun haben wollen … oder mit uns.

Was aber weiterhin fremd blieb, waren die Gerüche.

Radio und Fernsehen bereiten einen nicht auf die

Gerüche vor. Und sie sind durchdringend; es gibt keinen Ort auf der Erde, an dem man ihrem Geruch entkommen kann.

Als wir landeten, war da zuerst der reiche Duft des Sumpfs und dann der Duft der Kiefern. Der erstere war dick und verstopfte einem die Nasenlöcher und war trügerisch vertraut, denn er bestand im wesentlichen aus dem Geruch des Vermoderns. Die Kiefern waren schwerer zu ertragen: beißend, so daß die Schleimhäute austrockneten und kribbelten und sich der Hals eigentümlich anfühlte. Aber Margerys Geruch, voll menschlichem Schweiß, Zigarettenrauch und Schnaps, war exotisch und auf seltsame Weise angenehm erregend; wohingegen der Geruch des Hofes, mit dem Hunde-, Katzen- und Hühnerkot, seinem Aroma von Moder und Staub in der Scheune anfangs nur schwer zu ertragen war.

Aber es waren die Autos, die mir wirklich exotisch vorkamen. Sie waren so verschieden von unseren: Sie benutzten einen anderen Treibstoff, ein sonderbares Kühlsystem, und überall waren Schmiermittel. Ich verliebte mich ohne Wenn und Aber in sie. Autos sagten mir mehr über die Erde, als jedes andere Detail, und ich wollte ein Teil der Erde sein. Ich wollte es. Es war die einzige sinnvolle Vorgehensweise. Bald, gelobte ich mir, würde mich niemand von einem Erdling unterscheiden können … zumindest von innen.

Courtney Mason Dowright

Es ist ein Heim an einem Fluß in Maryland. Es ist kein großes Heim, und die Anlage ist nicht weitläufig. Trotzdem ist es ein Heim an einem Fluß in Maryland.

Es ist der Ort, an dem Commander Dowright seinen Ruhestand verbringt. Sein hohes Alter hat ihn noch nicht so sehr erstarren lassen, daß er nicht mehr mit der Dämmerung aufstehen und mit einem Gewehr unter dem Arm und einem Hund, der vor ihm hereilt, ausgedehnte Spaziergänge unternehmen könnte, bei denen er gelegentlich zwanglos Schüsse abgibt. Aber Commander Dowright geht eigentlich nicht oft auf diese Spaziergänge. Die meiste Zeit sitzt er auf der Veranda an der Rückseite des Gebäudes und brütet verbittert vor sich hin. Als ich ihn aufspürte, redete er bereitwillig. Er hob den Kassettenrecorder an die Lippen und sagte:

Mein Name ist Courtney Mason Dowright, und ich war Commander in der Navy der Vereinigten Staaten, als ich damit betraut wurde festzustellen, was genau auf dem NAS Atlantic City vor sich ging. Ich befinde mich jetzt natürlich im Ruhestand. Der Anruf beim Hauptquartier des Philadelphia Naval District wies mehrere Eigentümlichkeiten auf. Obwohl sie an sich von geringfügiger Natur waren, führten sie unweigerlich zu der Schlußfolgerung, daß Fred Andrews – wieder einmal – nichts tat, um jene Beurteilung zu widerlegen, wegen der er während seines letzten Jahrs auf der Akademie beinahe durchgefallen wäre. (Frederick Mayhew Andrews war zu jener Zeit Captain der US-Navy und befehlshabender Offizier des NAS Atlantic City, nicht gerade ein Bombenjob. Andrews, immer noch im Rang eines Captains, sollte noch im selben Jahr in den Ruhestand versetzt werden, und wäre bereits im Ruhestand gewesen, wenn man nicht für kurze Zeit einen Mann für den Posten in Atlantic City benötigt hätte; so lange, bis sein Nachfolger bestimmte Lehrgänge abgeschlossen hatte. Was das angeht, ist es zweifelhaft, ob er überhaupt je Captain geworden wäre, wenn nicht so viele bessere Männer während des Krieges getötet oder als dienstuntauglich entlassen worden wären.)

Aber ein Anruf eines befehlshabenden Offiziers bei einem Distrikthauptquartier um drei Uhr morgens – eines beliebigen befehlshabenden Offiziers bei einem beliebigen Distrikthauptquartier – läßt dem Distrikthauptquartier kaum eine Wahl. Also wurde ich aus dem Bett geklopft, und man sagte mir, daß im NAS Atlantic City etwas vor sich ging, was meine Zeit wert war, auch wenn keiner in Philadelphia sicher war, was. Das war das erste, was ich herausfinden sollte. Und schließlich wurde ich mit einem Hubschrauber zum NAS Atlantic City geflogen, wo ich nach einiger Zeit erfuhr, daß irgendwie ein Kongreßabgeordneter in die Angelegenheit verwickelt war.

Als ich hörte, daß er ein Veteran der Navy war, nahm ich das anfangs als ein ermutigendes Zeichen auf. Aber ich greife vor.

Nach meiner Landung wurde ich zu Fred Andrews gebracht. In seinem Büro, wo wir allein waren, erfuhr ich, daß der Stützpunkt möglicherweise einen Gast von einem anderen Planeten hatte. Der Mann hätte fast ebensogut ein überzeugender Wahnsinniger oder etwas anderes sein können, aber wer und was er auch immer sein mochte, er trug Abzeichen, die man nicht lesen konnte, und er hatte eine ähnlich gekleidete Leiche mitgebracht, die nicht gerade den schönsten Anblick bot.

Ich lehnte mich zurück und sah Captain Andrews eine Zeitlang an, während ich versuchte, zu einem vorläufigen Entschluß zu kommen. Dies war die Zeit nach der ersten großen Welle der Sichtungen von fliegenden Untertassen – wir nannten sie damals noch nicht UFOs – 1947 und '48. Eine beträchtliche Anzahl dieser Sichtungen war von Angehörigen der Navy gemacht worden. Und mir war genauso wie ihm bewußt, daß hartnäckige Gerüchte kursierten, die Navy hätte tatsächlich Leichen oder vielleicht sogar lebende Mannschaftsmitglieder in ihrem Besitz. Aber nichts Konkretes, nur Berichte von Gerüchten, und ich wußte natürlich nicht mehr als irgend jemand sonst in der Navy.

Nun, mehr hat man nicht erwarten können. Wenn irgendein Stützpunkt im Besitz konkreter Beweise gewesen sein sollte, war der jetzt ziemlich zugeknöpft. Tatsächlich führte dieser Stützpunkt zwei Leben: eines, welches besagte, daß dort niemals irgend etwas passiert ist, und ein zweites, welches für die wenigen, die es besser wußten, wirklich sehr kompliziert war.

Denn jeder, der dachte, die Vereinigten Staaten würden Besucher von anderen Planeten – wir hatten noch nicht gelernt, sie Extraterrestrier zu nennen – der Öffentlichkeit oder selbst in höchsten Militär- und Regierungskreisen bekanntmachen, hatte nicht mehr alle Tassen im Schrank. Und dasselbe galt für jede andere Regierung der Erde.

Wieso? Weil, wenn es eine kleine Regierung gewesen wäre, dann hätte sie ganz genau gewußt, daß die großen Regierungen ein immenses, intensives und persönliches Interesse an der Angelegenheit haben würden, was für eine kleine Regierung auf keinen Fall gut sein konnte. Und wenn es eine große Regierung gewesen wäre, dann hätte sie gewußt, da sie selbst an der Spitze des technischen Fortschritts stand, daß die Besucher noch weiter fortgeschritten sein mußten, und sie schon deshalb nichts hätte tun können, um ihre Bürger zu schützen, oder hätte behaupten können, daß sie sie vor was auch immer schützte. Und so was führt unweigerlich zu Anarchie, was Regierungen am wenigsten ausstehen können.

Da sich die Besucher, wenn es welche geben sollte, aus irgendeinem Grunde bis dahin den Erdenmenschen nicht zu erkennen gaben, war es das Beste, in der Hocke zu bleiben und zu beten, daß sie sich als Illusion herausstellten oder allermindestens daß sie weiterhin scheu blieben, oder daß wir, wenn die Zeit reif war, technisch an ihnen vorbeiziehen würden. So stelle ich es mir vor. Offen gestanden kam mir die letztere Möglichkeit als extrem unwahrscheinlich vor, weil die Besucher vermutlich nicht ihre Entwicklung entgegenkommenderweise zum Stillstand bringen würden. Was die beiden ersten Möglichkeiten angeht, so war meine Meinung zu jener Zeit genau fünfzig zu fünfzig geteilt.

Aber was auch immer zutreffen mochte, die unmittelbare Frage lautete: Was sollte Captain Andrews tun? Also wies ich Captain Andrews rasch darauf hin, daß er nur ein oder zwei Zentimeter vom sicheren Ruhestand entfernt war, und Captain Andrews schnaubte und brummte, daß ihm das natürlich bewußt sei und er die Angelegenheit natürlich mir als dem Vertreter des Philadelphia Naval District übergab, und ich sagte, daß ich nicht einmal für eine Sekunde etwas anderes erwartet hatte, und damit hatte es sich. Dann sagte ich, zeigen Sie mir den Leichnam und lassen Sie mich den

Mann, den Sie haben, befragen, und dabei erfuhr ich von dem Kongreßabgeordneten.

Der Abgeordnete war jung, rangjünger und viele Meilen von seinem Wahlbezirk entfernt. Aber er war unermüdlich dabei, sich rasch einen Ruf aufzubauen, überall hinzugehen und alles zu tun, was ihn nur einen Millimeter weiter nach oben brachte, und die großen Tiere im System bezeichneten ihn vorsichtig als den kommenden Mann.

Er war auf dem Stützpunkt, um einigen Soldaten aus seinem Heimatstaat einen Besuch abzustatten und um einem von ihnen eine Tapferkeitsmedaille zu verleihen. Die tapfere Tat hatte stattgefunden, während jener Soldat sich im Heimaturlaub befunden hatte. Ein harmloser Botengang, der nichts damit zu tun hatte, daß der Kongreßabgeordnete seit kurzer Zeit ein Mitglied des Verteidigungsausschusses war, und ich starrte Captain Andrews ungläubig an, als ich davon erfuhr. Aber dann erinnerte ich mich daran, daß der Kongreßabgeordnete ehemaliger Navy-Angehöriger war, und für einen Augenblick entspannte ich mich fast. Schließlich war er nicht der erste Abgeordnete, der sich irgendeine Ausrede ausdachte, um die kostenlosen Vergünstigungen einer Armeeeinrichtung zu genießen, anstatt für ein Hotelzimmer zu bezahlen.

Also beließ ich es dabei. Und anscheinend war das tatsächlich das ursprüngliche Motiv des Kongreßabgeordneten gewesen. Meines Wissens hatte ein Besuch irgendeines Kongreßabgeordneten auf dem Stützpunkt noch nie zu Ärger geführt. Nicht daß ... ach, zum Teufel damit; ich hatte niemals von irgendwelchem Ärger gehört, und es gab keinen Grund zu glauben, daß sich irgendwelcher zusammenbraute, und was ich damit sagen will, ist, daß das Leben zu kurz ist, um mit all den Vorschlägen und Plänen, die der Kongreßabgeordnete ausgebrütet hatte, Schritt zu halten. Aber ich greife vor. Und bestimmt weiter, als es Sie interessiert, nicht wahr?

Also. Wir, der Captain und ich, gingen die grauen, engen Korridore entlang, die zum Leichenschauhaus führten, und fanden dort die Leiche vor. Wir ließen den Aufseher wegtreten, und ich zog die Schublade heraus.

Ich brachte nicht viel in Erfahrung. Er sah für mich aus wie jeder andere Mann; er war mit einem Overall bekleidet, der sich ein bißchen von denen Unterschied, die man normalerweise sah, aber auch nicht fremdartig war, und auf dem Overall befanden sich Schriftzeichen, die ich nicht entziffern konnte und ganz anders waren als alle, die ich je gesehen hatte – und ich habe eine ganze Menge gesehen, wie jeder, der für längere Zeit in der Navy gedient hat. Aber es gab mehrere Erklärungen dafür, weshalb ich die Schrift nicht erkannte, und die meisten davon hingen nicht davon ab, daß die Schriftzeichen zu einer Sprache gehörten, die man auf irgendeiner anderen Welt benutzte.

Der Mann hatte tatsächlich einen schweren Tod gehabt; die Mitte des Körpers bot einen schlimmen Anblick. Es war allerdings genug übrig, um zu erkennen, daß er ein Mann war. Offen gestanden war es schwierig, daran zu glauben, daß er von einer anderen Welt kam, nachdem wir seine Genitalien gesehen hatten. Angeschwärzt, verkohlt und von gehöriger Größe, gaben sie ein kümmerliches Zeugnis davon, daß wir einen Mann vor uns hatten, dem etwas Schreckliches geschehen war. Und wir beteten inständig darum, daß wir niemals sein Schicksal teilen würden. »Das genügt«, sagte ich. »Ich werde später auf ihn zurückkommen«, und wir gingen. Wir erklommen eine Treppe zu dem Stockwerk, in dem sich der Gefangene aufhielt. Und auf dem Weg gesellte sich der Kongreßabgeordnete zu uns.

Ich begegnete ihm zum erstenmal, und seine Intensität sowie die Tatsache, daß sie nicht speziell auf mich gerichtet war, beeindruckten mich auf der Stelle. Es schien eher, als ob er sich in einer Partie mit einem unsichtbaren Kontrahenten befände und ich – und alles andere – nicht wichtig waren. Ansonsten war er freundlich und höflich. Und ich bekam deutlich das Gefühl, daß er immer freundlich und höflich sein würde, so lange er sich nicht gezwungen fühlte, einen genau zu mustern. Ich fragte mich, was ich tun könnte, damit er so blieb.

Tolle Aussichten.

Da standen wir jedenfalls im Korridor vor dem Raum, in dem sich der Gefangene befand und der von einem bewaffneten Posten bewacht wurde, und der Kongreßabgeordnete schien aus dem Nichts materialisiert zu sein, obwohl er eigentlich lediglich aus dem Nachbarraum getreten war. Wie er wußte, daß wir es waren und nicht zufällig vorbeigehende Passanten, war einfach zu erklären – er hatte den Spalt in der leicht geöffneten Tür im Auge behalten. Aber bis einem das klar wurde, war etwas an dieser Tatsache ein wenig beunruhigend.

»Sprechen Sie jetzt mit ihm?« fragte der Kongreßabgeordnete, und als ich zugab, daß wir das tun wollten und ich aus diesem Grunde hier sei, nickte er. »Selbstverständlich. Nun, Sie werden hinterher mit mir sprechen, habe ich recht?«

Nun, nicht ganz. Es gab keinen Grund auf der Welt, warum ich hinterher mit ihm hätte sprechen sollen – geschweige denn der befehlshabende Offizier. Mein Bericht war genaugenommen für den Admiral bestimmt, der den Naval District befehligte. Aber ich befürchtete, daß das zu einer Konfrontation mit dem

Kongreßabgeordneten führen würde, und wenn es etwas gab, das der Admiral nicht mochte, dann war es eine Konfrontation mit irgendeinem Kongreßabgeordneten. Und ganz bestimmt nicht mit diesem hier, wie mir bereits nach kurzer Bekanntschaft klar wurde. Tatsache war, daß die Navy, wie im Frieden üblich, darum kämpfte, jeden Freund, den sie im Repräsentantenhaus und Kongreß hatte, zu behalten. Also lächelte ich aufrichtig und offen und sagte: »Selbstverständlich, Sir«, und er tat sein möglichstes, um ebenfalls aufrichtig und offen zu lächeln. »Sehr gut«, sagte er, und ich ging mit deutlichem Unbehagen zu dem Marsianer, oder was immer er auch war.

Er saß hinter dem Tisch und gähnte hinter vorgehaltener Hand. Er gestikulierte verlegen mit der anderen, als der Mund sich immer weiter auftat und er die Augen zudrückte. »Verzeihung«, sagte er einen Augenblick später und faßte sich. »Es ist eine Zeitlang her, daß ich geschlafen habe. Und Sie heißen …?«

»Court Dowright. Und Sie?«

Er grinste. »Nun, bis jetzt habe ich behauptet, Ditlo Ravashan zu heißen und Angehöriger einer Zivilisation zu sein, die mehr als nur Ihre Sonne umfaßt.«

»Aha.« Ich zog einen Stuhl heran und setzte mich ihm gegenüber. »Und das ist wahr?«

»Was? Daß ich es behaupte oder daß meine Behauptung wahr ist oder beides?«

Ich blickte ihn an. Wenn wir solche Wortspiele treiben wollten, konnten wir hier lange sitzen. Auf der anderen Seite war es so, daß es, je länger wir diese Spielchen trieben, desto wahrscheinlicher wurde, daß der Mann schlicht ein Mensch war. Offen gestanden fiel es mir bei seinem Anblick schwer, zu glauben, daß er einer fliegenden Untertasse entstiegen war. »Beides«, sagte ich.

»Na schön«, sagte er mit einem schwachen Glitzern in den Augen. »Ich habe es behauptet. Und es könnte wahr sein.«

Das Auge – diese Augen – waren von einem eigentümlichen Braun. Ich fragte mich, ob er nicht vielleicht getönte Kontaktlinsen trug. Man begann zu jener Zeit gerade damit, sie für spezielle Zwecke einzusetzen.

»Sind Sie verrückt?« fragte ich.

Er warf den Kopf zurück und lachte. »Nun, wenn ich es bin – und ich könnte es sein –, dürfen Sie nicht mich fragen, nicht wahr?«

»Wo ist Ihr Schiff?«

»Wenn es eines gibt, dann ist es in den Sümpfen versunken.« Er winkte mit den Armen, als ob ich wüßte, in welche Himmelsrichtung die Rückwand des Raumes lag; in Wirklichkeit hatte er in Richtung Nordatlantik gedeutet. »Irgendwo in den Sümpfen. Wir hätten es versteckt, und wir hätten es gründlich versteckt.«

»Wir?«

»Oh, der andere Mann und ich.«

»Der andere Mann war todgeweiht.«

»Aber er wäre zu jenem Zeitpunkt noch am Leben gewesen.«

»Wäre?«

Er lachte von neuem. »Ja. Wäre.«

»Sie sagen eigentlich überhaupt nichts, oder?«

»Hm, ja und nein.«

Ich war nicht gewillt, mir mehr von dem Unfug anzuhören. Der Mann sprach mit einem Akzent, und er hatte etwas eigentümliche Augen, aber ansonsten war er, soweit ich feststellen konnte, so normal, wie man nur sein konnte. Wir hätten ein ganzes Jahr miteinander in dem Raum verbringen können, und wenn er weiter seine Wortspiele spielen wollte, wären wir am Ende des Jahres keinen Schritt weiter gewesen. Ich schob den Stuhl zurück. »Das ist nicht sehr zufriedenstellend. Ich komme später wieder«, sagte ich und ging. Der Mann lächelte mich an, als ich den Raum verließ.

Sie hatten ihm seinen Erste-Hilfe-Kasten abgenommen; der bewaffnete Posten vor der Tür hatte ihn. Ich untersuchte ihn. Darin befanden sich eine Reihe von Gegenständen, die offensichtlich maschinell hergestellt worden waren, und die Beschriftung war (A) maschinell hergestellt und (B) mit Ausnahme der Worte Johnson & Johnson unleserlich. Aber die Gegenstände hätte man ebenfalls problemlos auf der Erde herstellen können. Nichts wies darauf hin, daß sie wirklich einen Zweck erfüllen sollten. Das einzige, was mir der Kasten verriet, war, daß jemand weder Mühe noch Kosten gescheut hatte, um ihn herzustellen.

Aber auch das war eine Frage des Maßstabs. Einer Regierung zum Beispiel oder selbst einer erheblich weiter unten auf der Leiter stehenden Organisation hätte es keine Mühe gekostet. Vielleicht noch wichtiger war, daß es sicher selbst für einen Mann, dessen Motive mir verborgen waren, zu bewerkstelligen war, wenn die Gegenstände mit seiner Geschichte im Einklang stehen sollten. Mit anderen Worten: der Erste-Hilfe-Kasten gab mir in meiner Lage keine endgültigen Antworten; er warf eher einige zusätzliche Fragen auf.

Ich gab dem Posten den Kasten zurück. Ich war ein wenig verärgert, daß ich ihn mir überhaupt angesehen hatte.

»Was halten Sie davon?« fragte mich der Kongreßabgeordnete.

Wir saßen zusammen im Nachbarraum, nur wir beide, und der Raum unterschied sich kaum von dem Raum, in dem der Mann wartete – außer daß ich, wie mir plötzlich klar wurde, in Richtung Tür blickte und der Kongreßabgeordnete zwischen der Tür und mir stand – und der Kongreßabgeordnete tat so, als ob es sich nur um eine beiläufige Frage handelte. Nun, ich sagte ihm die Wahrheit, alles andere wäre zu gefährlich gewesen. »Ich weiß nicht«, sagte ich. »Vermutlich weiß ich jetzt weniger, als bevor ich hierherkam.«

»Vermutlich ja. Das Ganze hat die Tendenz, mehr Fragen aufzuwerfen als zu beantworten, nicht wahr?« Der Kongreßabgeordnete schaltete plötzlich sein Lächeln für mich ein, und ich fühlte mich seltsam. Später kam ich zu dem Schluß, daß es ein vollkommen freundliches Lächeln gewesen war, und es ließ mich bis auf die Knochen erschauern.

»Wissen Sie, was ich glaube? Ich glaube, Sie werden ihn mir überlassen.« Der Kongreßabgeordnete meinte es tatsächlich ernst.

»Was?«

»Lassen Sie uns die Angelegenheit von allen Seiten betrachten«, sagte der Kongreßabgeordnete in vernünftigem Ton. »Das ist nicht wirklich eine Angelegenheit der Navy. Das wäre vielleicht anders, wenn die Navy mehr wüßte. Aber Tatsache ist doch, daß mitten in der Nacht ein Mann vor ihrem Haupttor aufkreuzte. Er sagte nur das Allernotwendigste zu den Posten, und er sagte nur soviel mehr zu den Offizieren, um sich zügig die Befehlskette hochzuarbeiten, und er sagt immer noch nicht viel, oder?«

»Im Augenblick nicht. Nein.«

Der Kongreßabgeordnete fuchtelte mit dem Arm – fast so, wie es der Mann getan hatte. »Was auch immer. Tatsache ist, daß er nichts sagt.«

»Sir, ich …«

»Es spricht alles dafür, daß er etwas im Schilde führt. Und damit basta. Die Chancen, daß er wirklich der Kommandant einer fliegenden Untertasse ist, sind …«

»Darum geht es nicht! Er ist ...«

Der Kongreßabgeordnete legte die Fingerspitzen aneinander und blickte mich an. »Darum geht es, Commander. Genau darum geht es. Der Mann kann alles mögliche sein, und die unwahrscheinlichste Möglichkeit ist, daß er der Kommandant einer fliegenden Untertasse ist. Dazu kommt, daß er jetzt offenbar von seiner Behauptung abrückt. Ich denke, Sie sollten zurück nach Philadelphia fahren und Ihrem Admiral melden, der Mann sei gestört – was er mit an Sicherheit grenzender Wahrscheinlichkeit ist, nicht wahr? –, und es dabei belassen. Ich bin sicher, daß der Navy eine Menge anderer Dinge auf den Nägeln brennen. Wie zum Beispiel ihr nächstes Budget.«

»Sir, ich denke nicht, daß das ganz der Wahrheit entspricht.«

»Oh?« Der Kongreßabgeordnete blickte auf seine Hände. »Kennen Sie die Wahrheit? Nehmen wir mal an, ich erzählte Ihnen, daß ein Unterausschuß des Kongresses existiert, der sich mit der Untersuchung von Sichtungen von fliegenden Untertassen beschäftigt, und daß es die Pflicht jedes Kongreßmitglieds ist, jeden Fetzen Beweismaterial mitzubringen, auf den er stößt?«

»Ist das wahr, Sir?«

Der Kongreßabgeordnete breitete die Arme aus. »Sehen Sie?«

Ich schüttelte den Kopf. Ich spürte, wie ich immer tiefer in die Klemme rutschte. »Ich weiß nicht ...«

Der Kongreßabgeordnete sah mich an, als ob ich ein nicht allzu helles Kind wäre, er es aber vorzog, mich nicht darauf hinzuweisen. »Commander«, sagte er, »es gibt grundsätzlich nur zwei Erklärungen für den Mann. Die eine ist, daß er gewesen ist, was er behauptet. – Glauben Sie, daß in diesem Fall die Navy über der nationalen Legislative steht? – Die andere ist, daß der Mann uns einen Bären aufbindet, was bedeutet, daß die Navy ihn so schnell wie möglich loshaben will. – Nun, ist das nicht eine ausgewogene Zusammenfassung der Lage?«

»Ich …«

Jetzt musterte mich der Kongreßabgeordnete genauer, und ich wußte, daß ich eine Grenze überschritten hatte, die ich sehnlichst so bald wie möglich wieder in die andere Richtung überqueren wollte. »Commander«, sagte er leise, »ist der Grund für Ihre Sturheit etwa eine heimliche Gefolgschaft?«

Sie dürfen nicht vergessen, daß sich das Ganze in den späten Vierzigern abspielte. Mit einer ›heimlichen Gefolgschaft‹ war die Sowjetunion gemeint, und es gab keinen zuverlässigeren Weg, den Rest seines Lebens praktisch als ein gehetztes Tier zu verbringen, als mit ihr identifiziert zu werden. Sie glauben, daß es heute schlimm ist, aber damals war Joe McCarthy am Ruder. Ich richtete mich auf, als ob man mir einen Stromstoß versetzt hätte, und sagte so munter und unschuldig wie ich konnte: »Nein, Sir!« Und in diese Antwort legte ich jedes Volt Nachdruck hinein, das ich aufbringen konnte, und dazu noch ein paar Volt Reserve, die ich sonst nie benutzte.

»Sehen Sie dann noch irgendwo ein Problem, Commander?« Der Kongreßabgeordnete sah mich scharf an.

»Sir, ich habe meiner Mission gegenüber eine Verantwortung …«

»Und wieso würden Sie diese nicht erfüllen?«

»Sir, ich kam hierher …«

Der Kongreßabgeordnete schüttelte den Kopf; er war ein wenig wütend geworden. »Und Sie werden zurückkehren und Bericht erstatten. Der Stützpunktkommandant wird ihm bestimmt nicht widersprechen. Man wird einige Soldaten versetzen, aber sie wissen tatsächlich nicht – niemand weiß es –, was hier eigentlich passiert ist. Die rangniederen Offiziere, mit denen er gesprochen hat, wissen es bestimmt nicht genau. Selbst der Stützpunktkommandant weiß es nicht genau. Und *Sie* wissen es ebenfalls nicht, nicht wahr? Oder doch, Commander?«

Er hatte recht. Ich wußte es nicht. Ich vermutete etwas. Ich vermutete, daß dieser Mann ein Spiel spielte, das weit über meinen Verstand ging; daß er nicht mit einer fliegenden Untertasse gekommen war, was eine lächerliche Vorstellung war, sondern daß er irgendein wohldurchdachtes Spiel spielte. Eins, das tatsächlich besser in der Hand der nationalen Legislative als bei der der Navy aufgehoben war.

»Und was fange ich mit der Leiche an?« fragte ich.

»Die geben Sie natürlich dem Mann. Er wird wissen, was mit ihr zu geschehen hat. Geben Sie dem Mann die Leiche in Trockeneis konserviert. Überlassen Sie uns für einige Stunden einen Krankenwagen, und es wird so sein, als ob niemals etwas gewesen wäre. Das Wasser wird sich nahtlos geschlossen haben.«

Und so geschah es. Der Fahrer kehrte mit dem Krankenwagen vom National Airport in Washington zurück, wo er den Mann, den Kongreßabgeordneten und die Leiche abgeliefert hatte und von wo aus sie überallhin hätten weiterreisen können. Mir ging erst im Hubschrauber während des Rückflugs nach Philadelphia auf, daß meine Navy-Karriere unwiederbringlich zunichte gemacht worden war. Denn der Admiral, der den Philadelphia District befehligte, konnte nicht sicher sein, ob ich ihm die ganze Wahrheit mitteilte, während er es andererseits nicht wagen konnte, mich vor Gericht zu stellen, um es herauszufinden. Also stellte er sicher, daß ich nie über den Rang eines Commanders hinausbefördert wurde, weil man einem Mann, der soviel wissen mochte wie ich, kein höheres

Kommando anvertrauen konnte. Oh, ich stand vielleicht unter dem Schutz von Personen in der Navy, die über ihm standen, aber wenn sie zu meinen Gunsten eingreifen sollten, würden sie sich verraten. Also würden sie nicht zu meinen Gunsten eingreifen.

Und so weiter. Verstehen Sie, was ich meine? *Niemand* konnte sich mit Ravashan – oder wie er auch immer heißen mochte – befassen, ohne Schaden zu nehmen. Und es war unmöglich, die Wahrheit über den Mann herauszufinden. Und damit hatte es sich. Der Stützpunktkommandant ist vor langer Zeit an Altersschwäche gestorben, die rangniederen Offiziere haben andere Sorgen, über die sie sich den Kopf zerbrechen, die Soldaten sind in alle Winde zerstreut, und keiner von uns wird jünger.

Schließlich wissen Sie ja nicht, ob das, was ich Ihnen erzählt habe, die Wahrheit ist, die ganze Wahrheit und nichts als die Wahrheit, nicht wahr? Es ist die Wahrheit, aber Sie *wissen* es nicht, oder?

Und Commander Dowright lächelte bitter.

– 1973 aufgezeichnete Aussage. A. B.

Fußnote

Commander Dowright hatte völlig recht. Während die Einträge in seiner Personalakte bis zu seinem Besuch der NAS Atlantic City herausragend gewesen sind, weisen sie danach eine eigentümliche Verschiebung auf. Nichts, auf was man mit juristischen Mitteln hätte den Finger legen können; die lobenden Worte finden sich nach wie vor. Aber wenn man sie alle zusammennimmt, hat man das Gefühl, daß sie auf »ein treuer und aufmerksamer Offizier, angesichts dessen, was er ist« hinauslaufen. Die Einträge müssen natürlich nie formulieren, was genau er ist.

– A. B.

Autos

Wie ich später herausfand, war es ein Chevrolet, ein 39-Modell, mit vier Türen, einem Sechszylinder-Reihenmotor – natürlich einem Schaltknüppel – gewesen, der auf mich wartete. Hinter dem Steuer saß ein Mann, der mich musterte, als ich zum Wagen ging.

»Alles in Ordnung«, sagte mir Margery. »Er ist ein Freund.« Das schien mir kaum wahrscheinlich, da er mich nicht einmal kannte. Was sie meinte, war, daß sie bereit war, sich für ihn zu verbürgen. Das, was sie davor gesagt hatte, war zweifellos eine abgedroschene Phrase; ich hatte gehört, wie sie einem Schauspieler nach dem anderen über die Lippen gekommen war, und wenn selbst ich sie schon so oft gehört hatte, wie häufig mußte sie dann überhaupt erst benutzt werden? Aber dann ging mir etwas anderes auf. Margery war kein Dummkopf, aber sie war ungehobelt, und ich würde aus ihr nur eine begrenzte Zahl von Ausdrücken herausbekommen. Na schön, es gibt Schlimmeres, als ungehobelt zu sein.

»In Ordnung.« Ich nickte; es war das zweite Mal, daß ich das Nicken richtig hingekriegt hatte. Ob man ihr genug trauen konnte, um für jemanden zu bürgen, war eine Frage, die zu beantworten über meinen Verstand ging. »Okay«, sagte ich. »Und?«

»Er will mit dir über einen Job sprechen.«

»Wirklich?« Er war ein hagerer Mann, dessen

schwarzes Haar in öligen Fransen in die Stirn hing. Später fand ich heraus, daß er Mitte Zwanzig war. Er trug die für die Bauernhöfe typische Kleidung – ein blaues, gemustertes Baumwollhemd und eine Latzhose –, und aus seinem kleinen, dünnlippigen Mund hing eine Zigarette. Ich ging um den Wagen herum zum Fahrerfenster. »Hallo«, sagte ich und beobachtete ihn aufmerksam. »Ich bin Jack …«

»Mullica«, sagte er. Sein Mund verzog sich zu einem schiefen Grinsen. »Ich bin Roland Lapointe. Steig ein.« Er zeigte auf den Beifahrersitz und wartete auf mich. Seine Augen taxierten mich, während ich mich entschied. Schließlich ging ich zur anderen Seite des Wagens und stieg ein. Margery erklomm die Rückbank, und Lapointe fuhr aus dem Hof. Der Motor lief einwandfrei; Lapointe oder jemand anderes mußte sich während des Kriegs ausgezeichnet um ihn gekümmert haben.

»So ist es recht«, sagte Lapointe. »Ich mag es, wenn meine Leute tun, was man ihnen aufträgt.«

Ich blickte ihn an. »Ihre Leute.«

»Wenn du für mich arbeitest, dann gehörst du zu meinen Leuten.«

»Und was veranlaßt Sie zu glauben, daß ich für Sie arbeiten werde?«

»Hast keine große Wahl. Kannst nicht erwarten, daß Margery dich kostenlos durchfüttert. Kannst nicht erwarten, für immer in der Scheune zu wohnen – ist im Augenblick in Ordnung, aber der Winter kommt.«

»Ich könnte einen anderen Job bekommen.«

»Nicht, wenn ich nein sage. Niemand wird dir einen Job geben, wenn ich es ihnen sage. Wie wäre es, wenn du darüber nachdenkst, bis wir dort ankommen, wohin wir fahren.« Seine Stimme war ausdruckslos; er hätte mir genausogut die Uhrzeit sagen können.

Ich blickte ihn erneut an. Soweit ich es beurteilen

konnte, hatte sich sein Gesichtsausdruck nicht ein einziges Mal verändert, während er sprach. Mir drängte sich der Eindruck auf, daß Lapointe ein wirklich zäher Mann war. Vielleicht nicht der hellste. Aber seine hervorstechendste Eigenschaft würde immer seine Zähigkeit sein; sie würde ihn weit bringen. Sie hatte ihn zweifellos bereits weit gebracht. Und am wichtigsten war, daß er zäher war als ich.

Nun, was das angeht, Margery war zäher als ich. Das abschließende Urteil über Margerys Vater stand noch aus, aber wahrscheinlich war er mindestens so zäh wie ich. Soweit ich wußte, war jeder Bewohner der Erde zäher als ich.

Wir fuhren weiter. Lapointe bog um mehrere Ecken, und wir ließen den ungepflasterten Weg hinter uns und bogen auf eine Hauptstraße, auch wenn sie ebenfalls nur aus zwei Asphaltspuren bestand. Wir fuhren an mehreren Höfen vorbei. Dann kamen wir an eine Straßenkreuzung. Wir hielten vor einem Gebäude an, das ich als Tankstelle identifizierte.

Vorne standen zwei Gebilde, die offensichtlich Zapfsäulen waren, und der Rest bestand aus einer Reihe von Gebäuden – ein kleines vorne und ein viel größeres etwa zwanzig Meter von der Straße entfernt, das hinter dem kleineren stand und von ihm durch eine Einfahrt getrennt war. Das kleine Gebäude hatte ein Fenster, auf dessen Sims Ölkannen aufgereiht waren, und davor standen mehrere Ölfässer.

Ich musterte die Tankstelle prüfend. Wir hängen lange nicht so stark vom Individualverkehr ab, wie es die Erdenmenschen tun, auch wenn das früher einmal anders gewesen ist. Heute werden unsere Autos und Lastwagen von modifizierten Raumschiffsmotoren angetrieben. Die dröhnenden, schmutzigen Autos der Erde waren für mich absolut fremdartig. Und absolut fesselnd. Der Gedanke, in das eigene Fahrzeug zu steigen und mit hundert Meilen in der Stunde wegzudonnern und meilenweit zu fahren – viel weiter, als es in einer Zivilisation mit im Überfluß vorhandenen Zügen, Flugzeugen und Bussen Sinn machte – und praktisch an jeder Straßenecke in den meisten Teilen des Landes eine Tankstelle zu finden … nun, es war grotesk. Und es war kurios. Und es war auf seine eigene Art und Weise herrlich.

Wir erinnern uns jetzt nicht mehr daran; es hat sich soviel geändert. Aber dies war die Zeit, in der Amerika die unbestrittene Führungsmacht der Welt war und die Gallone Benzin fünfundzwanzig Cents kostete und Autos – neue Autos – eintausend Dollar, und die USA sich anschickte, ein Netz von Highways zu bauen, welches das Land von einem Ende zum anderen überziehen würde, und das ein Highwaynetz *ersetzen* würde, um das die USA von allen anderen Nationen beneidet wurde. Ich verstand selbst damals, daß fraglos der beste Weg, diese Leute zu verstehen, war, ihre Vernarrtheit in Autos zu verstehen. Und wie es schien, sollte ich meine Chance dazu bekommen.

»In Ordnung«, sagte Lapointe. »Ich will, daß du dich um die Tankstelle kümmerst, Benzin zapfst, Reifen aufpumpst, Straßenkarten verteilst und den Leuten sagst, daß das Scheißhaus außer Betrieb ist. Du bist nicht der Mechaniker. Darum kümmere ich mich. Nachts schläfst du drinnen, du bekommst drei Mahlzeiten und einen Dollar pro Tag. Sonntags haben wir zu.«

»Sie bieten mir den Job an.«

»Ja.«

»Ich kann nicht Auto fahren.«

Lapointe drehte sich im Sitz um und sah Margery an.

»Dann bring es ihm bei«, sagte sie. »Kann doch nicht schwer sein?«

Lapointe blickte mich an. »Uhm.«

Lapointe war in das andere Gebäude gegangen. Margery und ich waren allein. »Hör mal zu«, sagte Margery, »er ist in Ordnung. Er ist streng, aber er ist in Ordnung.« Und sie hatte den Erste-Hilfe-Kasten mitgebracht; den Overall und den Kasten. Sie saß mit der Hose um ihre Knöchel auf einer Ecke des abgenutzten Tisches in der Tankstelle, während ich sie einrieb. Sie hatte plötzlich etwas Ausweichendes an sich, und das mußte an Lapointe liegen, aber sie beugte und bewegte das Bein nun schon fast normal, und sie sprach mit mir in einem viel sanfteren Tonfall als früher.

»Du läßt dir nichts zuschulden kommen, und es wird gutgehen«, sagte sie. »Zieh keine voreiligen Schlüsse. Und ich bin da, wenn du mich brauchst. Wenn du irgendwelche Fragen hast, dann stell sie zuerst mir. Kapiert?«

Ich blickte auf. »Irgend etwas nicht in Ordnung?« sagte ich.

»Alles ist in Ordnung, außer wenn du es verbockst. Und du wirst es nicht total verbocken; du hast Verstand, auch wenn es kein gesunder Menschenverstand ist.«

»Margery ...«

»Ich habe dir mehr zu verdanken, als du dir vorstellen kannst«, sagte sie. Sie glitt vom Tisch und zog die Hose hoch. »Du hast keine Vorstellung davon, wieviel mir bedeutet, was du mit meinem Bein anstellst. Aber das ist nicht das einzige auf der Welt. Jedenfalls habe ich dir den besten Job verschafft, den du kriegen kannst. Du lernst fahren, du bekommst eine Sozialversicherungskarte, und bald wirst du dich geradewegs unter uns Amerikaner mischen können.«

»Was meinst du damit?« fragte ich beklommen.

»Jack«, sagte sie und blickte auf den Boden, »du könntest im Augenblick nicht einmal einen Vierjährigen täuschen. Es gibt nur eine Möglichkeit, woher du gekommen sein kannst, und das ist ein russisches Schiff. Wahrscheinlich ein U-Boot. In Ordnung? Dann krieg das in deinen Kopf – *uns* ist das egal. Du bist offensichtlich nicht hier, um Sabotage zu treiben oder so was. Wahrscheinlich bist du froh, weggekommen zu sein. Ich weiß, daß ich es wäre – Kommunismus klingt nicht nach einer anständigen Art zu leben für einen normalen Kerl. In Ordnung, fein. Wir werden dir helfen. Und wenn einige von den Dingen, die wir von dir dafür verlangen, nicht hundert Prozent legal sind, dann was soll's, was heißt schon legal?«

Ich war an der Reihe, auf den Boden zu blicken. »Ich verstehe.«

»Also läßt du dir nichts zuschulden kommen, und wir machen nach und nach einen Amerikaner aus dir. Okay?«

»Okay.«

»Und ich bin dir wirklich dankbar für das, was du mit meinem Bein gemacht hast. Ich wußte nicht, daß ihr so etwas könnt. Ich danke dir.«

»Ja, hm.«

»Und wenn du mich vögeln willst, ist das auch in Ordnung. Okay?« Wir blickten beide auf den Boden.

Es ging mir alles zu schnell. »Ich … was ist mit Lapointe?«

»Lapointe ist mein Bruder. Halbbruder. Wir haben dieselbe Mutter. Kam aus den Barrens, ließ sich erst mit Lapointes Altem nieder, und nachdem der tot war, zog sie bei meinem ein. Eines Tages wacht er auf, und sie ist weg. Fand heraus, daß sie sich zum Highway geschlichen und den Daumen rausgehalten hat. War das letzte, was man von ihr gehört hat.«

»Mein Gott.«

Margery zuckte die Achseln. »Es ist jetzt lange her. Sie war nicht das erste merkwürdige Wesen, das aus den Barrens kam.« Sie sah mich an. »Und nicht das letzte. Obwohl ich sagen muß, daß sich bisher die Leute, die dort herkamen, nicht nach dem Mullica-River nannten.«

Der Tagesablauf in Lapointes Tankstelle wurde schnell zur Routine.

Roland brachte mir das Autofahren auf die denkbar einfachste Weise bei. Sie bestand darin, mich mitten auf einem freien Feld hinter das Steuer zu setzen und auf das Gaspedal, die Bremse und die Kupplung zu deuten und mir ihre Funktion zu erklären. Dann stellte er sich etwas abseits hin, ließ mich ein paarmal den Motor abwürgen und schaute zu, wie ich ein paar wilde Kurven drehte und mehrmals verdammt nah dran war, gegen einen Baum zu fahren, und schließlich ziemlich bald lernte, alles zu koordinieren. Ich erzählte ihm natürlich nicht, daß ich unsere Bodenfahrzeuge steuern konnte. Auf der anderen Seite erzählte er mir nicht, daß ich ein guter Fahrer war, was ich bald wurde.

Die Stadt, wenn man sie überhaupt als Stadt bezeichnen kann, hieß Phyllis. Die nächste Stadt hieß Wertenbaker. Die Stadt, die drei Meilen entfernt an einer Nebenstraße an einem Seeufer lag, hieß Serena Manor. Margery erklärte mir das in der Anfangszeit unserer Beziehung. Daniel Wertenbaker hatte Phyllis nach seiner Tochter benannt und Serena Manor nach seiner Frau. Es gab keinen speziellen Grund, aus dem die Städte ursprünglich entstanden sind; von den insgesamt dreihundert Bewohnern aller drei Städte beschäftigten sich zweihundertfünfzig mit der Hühnerzucht, einer der wenigen Arten der landwirtschaftlichen Nutzung, die auf dem Boden rentabel war. Die engen Auslassungen im Wald, aus denen die Städte bestanden, waren mit zwei- und dreistöckigen Hühnerställen vollgestopft, die weit über eine Million Hühner beherbergten und danach stanken. Nachts konnte man die Hühner schnarchen hören. Tagsüber konnte man hören, wie sie fraßen und schwächere Hühner zu Tode hackten.

Margery kam jeden Tag nach der Arbeit vorbei, und ich brauchte die Muskelsalbe auf. Als sie zu Ende ging, lief sie normal, und man mußte schon sehr genau hinsehen, um einen Unterschied zwischen den Beinen festzustellen; eigentlich gab es keinen mehr.

Sie mußte es irgendwie erklären. Anfangs war es eine Art Wunder gewesen, aber eines, das fehlschlagen konnte. Das Bein konnte wieder so werden, wie es gewesen war. Das Ganze hätte eine aus der Hoffnung geborene Illusion sein können. Aber jetzt ging es nicht schief, und wenn sie nicht irgendeinen Weg fand, es zu erklären, warf das viel zu viele Fragen über mich auf. Und wir sahen uns jeden Tag, und ich arbeitete in der Tankstelle. Was konnte an mir schon mysteriös sein?

»Es ist die Schwester-Kenny-Behandlung, nicht wahr?« sagte sie und bezog sich dabei auf eine lange, harte Kur aus heißen Tüchern und Massagen, die nur manchmal wirkte und auch nur, wenn sie sofort mit dem Einsetzen der Lähmung begonnen wurde. »Irgendeine Variante der Schwester-Kenny-Behandlung.«

»Ja«, sagte ich. »Eine Variante«, als ob ich wirklich gewußt hätte, wovon sie sprach. Und ihr Gesicht leuchtete auf.

»Das ist die Erklärung.«

»Absolut!« Solange man sie nicht hinterfragte. Und was glauben Sie, wie groß die Wahrscheinlichkeit dafür war, nachdem sie erst einmal auf die Schwester-Kenny-Behandlung gekommen war? Sie schwang das Bein vor und zurück und prüfte seine Kraft und seine Belastbarkeit. Wenn sie sich jemals skeptisch darüber äußerte, würde dann nicht vielleicht der Bann gebrochen? Sie leckte die Lippen und nickte.

»Ja«, sagte sie sehr leise. Ich wußte, daß das Angebot, mit ihr zu schlafen, immer noch stand. Ich wollte es auch, aber irgendwie fühlte ich, daß es zu früh war und daß Lapointe uns hören würde und daß – in Wirklichkeit wollte ich es sogar, aber bei dem Gedanken an Sex mit der Angehörigen einer anderen Rasse … nun, wir würden dazu kommen, aber es würde seine Zeit brauchen, bis ich mich an den Gedanken gewöhnt hätte. Ich fürchtete mich. Ich fürchtete mich wie blöde. Ich hatte mit ein paar Frauen – nicht vielen – geschlafen, und ich hatte vor den üblichen Dingen Angst und dazu noch davor, mich zu verraten. Ich hatte keine Ahnung, wie das sexuelle Anhängsel eines Erdenmanns aussah. Margery dagegen wußte das sehr genau. Wir brauchten besondere Umstände, und die waren noch nicht eingetreten. Und so hatten wir beide ein Geheimnis voreinander.

Ich weiß, daß Margery verwirrt war, weil ich ihr Angebot nicht annahm. Aber sie war zu höflich, damit rauszurücken und mich direkt danach zu fragen. Ich ging auch davon aus, daß die Erzeugung eines guten Beins neben anderen Dingen eine Veränderung in ihrem Liebesleben bedeutete … sie war mit Sicherheit wählerischer geworden; vielleicht lebte sie auch in völliger Abstinenz, bis sie die Veränderung ganz bewältigen und den Gedanken verarbeiten konnte, daß sie wählerischer als in der Vergangenheit sein konnte.

Nach und nach erfuhr ich von Lapointes wirklichem Gewerbe. Ein- oder zweimal im Monat fuhr mitten in der Nacht ein Abschleppwagen mit einem Auto vor das andere Gebäude, und ein- oder zweimal im Monat fuhr ein Auto aus dem Gebäude heraus. Das Auto hatte dann für gewöhnlich eine andere Farbe und Ausstattung als zuvor. Christie, Rolands rechte Hand, fuhr den Wagen weg und kehrte dann am späten Abend des folgenden Tages mit dem Bus zurück.

Christie war nicht einmal einssechzig groß, und ich nehme an, daß ihn sein kleiner Wuchs belastete. Er war muskulös, jung und gutaussehend, hatte aber überhaupt keinen Sinn für Humor. Er blieb für sich und beschränkte sich darauf, Roland die Werkzeuge zu reichen.

Schließlich – es geschah im Frühling – kam Christie nicht mehr zurück.

Nun, es war eine schwache Stelle in Rolands System; es gab keinen zwingenden Grund für Christie zurückzukommen, wenn er beschließen sollte, den Wagen oder das Geld, das er dafür bekam, zu behalten und sich anderen Beschäftigungen zu widmen. Es war sehr unwahrscheinlich, daß Roland die Zeit und die Mühe aufwenden würde, ihn ausfindig zu machen. Und wenn er ihn aufspüren sollte, wäre das Geld wahrscheinlich bereits ausgegeben.

Roland stampfte in hilfloser Wut umher. Schließlich sagte ich zu ihm: »Roland.«

»Was ist?«

»Roland, wie wäre es, wenn ich die Autos abliefern würde?«

Roland packte meinen Oberarm so fest, daß er ihn quetschte. »Was, zum Teufel, weißt du davon?«

Sein Griff war nicht angenehm. Aber ich tat so, als ob es mich nicht störte. »Ich habe Augen im Kopf. Ich weiß, daß Christie die Autos irgendwo hinbringt. Ich weiß, daß er nicht zurückgekommen ist. Wenn ihn die Polizei erwischt hätte, dann stünde sie jetzt schon vor der Tür. Die andere Möglichkeit ist, daß er mit denen, die die Autos bekommen, unter einer Decke steckt, aber das wäre unsinnig, denn der Mann würde seinen Nachschub abschneiden, wenn er dich kränkte. Also hat Christie das alleine gedreht. Na schön – von jetzt an bin ich Christie. Mit dem Unterschied, daß ich immer zurückkommen werde.«

»Wirst du das?« Roland runzelte die Stirn. »Weshalb?«

»Weil Margery hier ist«, sagte ich, und das war die Wahrheit. Irgendwie und ohne es wirklich zu wollen, hatte ich zu viele Bindungen entwickelt, um mich einfach loszureißen.

Roland grinste. »Ja. Margery, die kleine Schwester. Die kleine Margery, die nicht mehr verkrüppelt ist. Ich frage mich, wie sehr ich an Schwester Kenny glaube. Ich frage mich, warum nicht mehr Leute die Behandlung anwenden, wenn sie so einfach ist.« Eine ganze Weile musterte er mich scharf. Dann zuckte er die Achseln. »In Ordnung«, sagte er, und ich brauchte einen Augenblick, um zu begreifen, daß er dem Abkommen sein Okay gegeben hatte. »In Ordnung«, sagte er noch einmal. »Willst du bei Mullica bleiben?«

»Das ist mein Name«, behauptete ich. Was hätte ich auch sonst tun sollen?

»Gut«, sagte er.

»Was macht das aus?« fragte ich prüfend.

»Wird in deinem Führerschein stehen, darum«, sagte er und ging, um zu telefonieren.

Und so bekam ich eine Geburtsurkunde und dann eine Sozialversicherungskarte und einen Führerschein auf den Namen Jack Mullica: auf Grund eines Anrufs Roland Lapointes bei jemandem, der so etwas fälschen konnte.

Bis heute prüfte niemals jemand die Gültigkeit einer Geburtsurkunde bei der ausstellenden Behörde nach. Wenn man die angebliche Urkunde in einem anderen Bundesstaat vorlegt, ist die Wahrscheinlichkeit sehr gering, daß der Angestellte überhaupt weiß, wie eine echte aussehen sollte. Und, was das angeht, ändern die Bundesstaaten selbst von Zeit zu Zeit das Aussehen ihrer Geburtsurkunden. Ich glaube, daß das Aussehen meiner Urkunde tatsächlich dem seiner Ursprungszeit entspricht. Ich *weiß* es nicht wirklich – niemand hat sie je in Zweifel gezogen, und ich habe nie eine andere gesehen.

Als ich die Urkunde bekam, brachte ich sie zum Sozialamt in Mays Landing und zur Führerscheinstelle in Atlantic City, und es brauchte ungefähr genauso lange, wie ich benötige, um davon zu erzählen, um aus mir einen rechtskräftigen Bürger der Vereinigten Staaten von Amerika zu machen. Schließlich bekam ich einen gefälschten Wehrpaß, und damit ging ich ein Risiko ein, aber kein so großes, wie die medizinische Untersuchung bei der Musterung gewesen wäre. Ich mußte Roland erklären, daß ich ein wenig zu alt sei, um die Untersuchung auf gewöhnliche Weise über mich ergehen zu lassen. Er murrte, aber sah den Sinn ein. Auf jeden Fall wollte noch nie jemand meinen Wehrpaß sehen. Ich staune über ein solches Land – ich kann mich nicht beklagen.

– Rekonstruktion. A. B.

Fußnote

Eine Überprüfung der Akten bestätigte, daß Mullica die Dokumente wie skizziert erworben hat. Alle Dokumente sind entweder Fälschungen oder rühren von Fälschungen her.

Die Geburtsurkunde ist ziemlich plump gefälscht. Sie enthält Tinten, die zur Zeit seiner vorgeblichen Geburt nicht erhältlich waren, und wurde mit falschen Namen gegengezeichnet. Aber niemand unterzieht die Tinte und das Papier Analysen, und wer weiß schon, welche die richtigen Namen sind?

Der Wehrpaß ist ziemlich gute Arbeit. Das mußte er auch sein, weil man gesetzlich dazu verpflichtet war, ihn mitzuführen, und er jederzeit kontrolliert werden konnte. Aber anscheinend wurde Mullica niemals danach gefragt.

Von Zeit zu Zeit mußte er die zur Sache gehörigen Angaben in Bewerbungen und ähnliches eintragen, aber in diesen Fällen scheinen die betreffenden Personen nicht verlangt zu haben, seinen Wehrpaß zu sehen. Wie es damals üblich war, überprüfte auch niemand die Richtigkeit der Angaben; man heftete sie einfach mit seinem übrigen beruflichen Werdegang ab.

Bis ich mit den Nachforschungen für dieses Buch begann, hatte ich keine Vorstellung davon, wie durchlässig das System der Identitätsfeststellung in diesem

Land ist. Kein Wunder, daß Amerikaner bei Besuchen in Übersee immer wieder Ärger bekommen. Dort gibt es viel strengere Kontrollen, die kein Kind Onkel Sams klaglos über sich ergehen läßt.

– A. B.

Aussage, Ditlo Ravashan

Der Lastwagen der Navy ließ Yankee an einem Ende des National Airports aussteigen. Dann fuhr er zum anderen Ende, und der Fahrer half mir beim Ausladen der Kiste, in der sich Joro und das Trockeneis befanden. Es gab keine Bänke; ich setzte mich auf die Kiste und sah zu, wie der Lastwagen um die Ecke bog und verschwand. Es war etwas kühl. Durch die kleinen Öffnungen am Boden der Kiste dampfte CO_2. Einmal ging ein Mann vorbei, der die Kiste sorgfältig musterte. »Hummer«, sagte ich, und der Mann ging seines Weges, ohne »Auf Trockeneis?« zu sagen.

Ich beobachtete die Frauen. Ich hatte Pläne. Die meisten der Frauen waren unansehnlich, aber hin und wieder kam eine gutaussehende vorbei, deren körperliche Merkmale selbst unter dem Mantel ins Auge fielen. Ich stellte mir vor, wie sie außer sich zu meinen Füßen lagen und wie die Tiere, die sie waren, aufschrien. Es half mir, die Zeit zu vertreiben.

Nach ungefähr einer Stunde glitt ein Kombi ohne Abzeichen die Rampe herunter und hielt vor mir an. Henshaw – wie er sich vorstellte – fuhr ihn: ein häßlicher, ansprechender schwarzer Mann, gut gekleidet und Anfang Dreißig, der keine Zeit mit Geplauder verschwendete. Er blickte mir ins Gesicht, und als er mir die Hand schüttelte, sah er auf mein Handgelenk. Irgend etwas hinter seinen Augen nickte sich selbst zu.

Aber er sagte nichts. Er faßte an einem Ende der Lattenkiste an, und wir hoben sie mühsam in den Wagen und fuhren los.

Wir überquerten den Fluß und hielten an einem Motel an. »Sie haben reserviert«, sagte Henshaw. Er sagte mir den Namen. »Das Zimmer ist bereits bezahlt. Sie müssen nur Ihren Schlüssel holen. Morgen oder spätestens übermorgen haben wir eine Wohnung für Sie. Und ein paar Kleider. In der Zwischenzeit empfehle ich Ihnen dringend, ein wenig zu schlafen. Und bestellen Sie Ihr Essen beim Zimmerdienst.« Er langte hinter sich und reichte mir eine braune Papiertüte. »Rasiermesser, Zahnbürste und so weiter.« Er musterte noch einmal meinen Kiefer. Was er sagte, war »Viel Glück!«, und er und Joros Leiche fuhren davon. Ich ging in das Motel und begann mein Leben als Amerikaner.

Ich hatte richtig gehandelt, als ich den Antrieb meines Gefährts vorsichtig manipulierte – ich würde hier ein sehr gutes Leben haben. Viel besser, als es mir auf meiner Heimatwelt möglich gewesen wäre. Ich hatte auf meiner Heimatwelt pensionierte Kommandanten gesehen; sie sahen nicht glücklich aus. Sie sahen so aus, als ob sie etwas zwischen den Sternen verloren hätten. Und das hatten sie wirklich: Sie waren draußen, zwischen den Sternen, alt geworden und hatten schließlich zurück nach Hause kommen und allmählich vertrocknen müssen, bis sie schließlich weggepustet wurden.

Mein Abstecher zur Erde dauerte lange, und ich genoß ihn riesig. Wir beschafften mir eine Wohnung in Georgetown, und ich genoß ihre Annehmlichkeiten. Ich verließ die Stadt selten; ich hatte keinen Anlaß dazu, und ich wollte es nicht. Warum unnötige Risiken eingehen?

Wir erwarben auch ein sehr schönes Haus ganz in

der Nähe meiner Wohnung, und dort richtete sich das Nationale Register Pathologischer Anomalien ein, nachdem man uns die Regierungsgelder bewilligt hatte. Ich leitete es anfangs über Telefon und später vom Computer aus und setzte niemals ein Bein in die Räume des NRPA. Warum sollte ich? Das NRPA schickte gelegentlich eine Botschaft an seine Dachorganisation, und ich beantwortete sie, und damit hatte es sich – das NRPA war mit gewissenhaften Beamten besetzt, und sie erledigten die tägliche Routinearbeit in vorbildlicher Art und Weise. Sie bewirkten sogar viel Gutes für die Pathologieabteilungen überall im Land; sie waren ihren Steuergroschen wirklich wert. Und in der Zwischenzeit nahm ich mich der Wonnen der Freizeit auf der Erde an.

Ich will nichts beschönigen: Ich hatte keine Skrupel, Prostituierte in Anspruch zu nehmen, oft Schwarze und in Paaren, was ich mit Phantasie und Begeisterung tat. Eine permanente Bindung schien mir viel zu riskant. Das bedeutete, daß ich niemals eine Ehefrau haben würde, aber das fiel kaum ins Gewicht: Ich würde sowieso nie Kinder haben, und ich zählte das eigentlich zu meinen Vorteilen. Zum einen mußte ich mich nicht mit den albernen Handgriffen der Verhütung abgeben. Prostituierte sind außerdem billiger, und man muß sie nicht mit Small talk bei Laune halten. Ich habe mich mit ihnen über die Jahre in Hotels in der ganzen Stadt getroffen, und wir verbrachten eine Menge denkwürdiger Momente miteinander. Es ist wirklich erstaunlich, was die Tiere alles machen, wenn ihnen die Belohnung nur groß genug erscheint. Und ich hatte jede Menge Belohnungen zu verteilen.

Wissen Sie, ich schickte mich an, Yankee sehr reich zu machen; daran fand er sehr großes Gefallen. Ich überredete ihn, durch einen Strohmann Schuhe wie die meinen herzustellen, und auch wenn es bald Nachahmer gab – wir hatten nichts anderes erwartet –, und Yankee gehörten auch einige der Nachahmer. Dann war da das täuschend einfache Ventil für Spraydosen, was allein ausgereicht hätte, ihn zum Multimillionär zu machen, wenn er nicht mit dem Strohmann hätte halbe-halbe machen müssen. Und die neue Methode, einen Milchkarton herzustellen; das Rasiermesser, das aus einem durchgehenden Streifen rasiermesserscharfen Stahls in einem kompakten Kopf bestand, und so weiter.

Man muß einige Dinge dazu anmerken. Erstens bekam ich natürlich meinen Anteil, und nicht einmal Yankee konnte das Geld so schnell ausgeben, wie es hereinkam. Zweitens verlor Yankee – ganz egal, wie reich er wurde – niemals seinen grundlegenden Drang, nach Macht zu streben; über die verfügte er bald in unermeßliche Weise. Er strebte auch nicht so sehr nach der öffentlichen Wahrnehmung seiner wirklichen Macht, denn diese Wahrnehmung schwankte mit seinem Glück und war ohnehin niemals sehr zutreffend. Vielmehr strebte er danach, daß ihn die Öffentlichkeit als einen Mann wahrnahm, der über geheimnisvolle und grundsätzliche und absichtlich unerforschliche Mächte verfügte. *Das* war ihm bei weitem wichtiger als alles andere auf der Erde. Eine eigentümliche Aura umgab ihn. Niemand mochte ihn. Niemand liebte ihn – und das störte ihn. Aber alle machten einen Kotau vor ihm, und das, so scheint es, lag ihm am meisten am Herzen.

Und drittens hätte ein Inspektionsteam von meinem Heimatplaneten ungefähr dreißig Sekunden benötigt, um festzustellen, daß dies zu viele Zufälle waren; jemand mußte die Erde mit diesen Informationen versorgen. Es war also nicht ganz ohne Risiko, aber das Risiko war nur gegeben, wenn eine Inspektion der Erde durchgeführt würde und das Inspektionsteam mich ausfindig machte. Ich denke aber, daß sie sich dabei ziemlich schwertun würden. Aber sie würden auf jeden Fall bemerken, daß keine der Informationen von strategischem oder taktischem Wert war.

Hm, als ich ihnen das Geheimnis des Transistors gab, war ich nah dran. Aber tatsächlich waren mehrere Laboratorien auf der Erde dabei, es selbst zu entdecken, und wir sind ihnen lediglich ein paar Monate zuvorgekommen. Und ich bin auch nicht so weit gegangen, ihm das Geheimnis des Transistors zu geben – das mir nicht völlig bekannt war –, sondern brachte ihm nur die Möglichkeit zu Bewußtsein. Er war derjenige, der feststellte, daß die Arbeit in den Laboratorien von Bell und anderswo weit fortgeschritten war. Das war also in Ordnung. Und natürlich waren die Patente rasch überholt, und die Verbesserungen des ursprünglichen Designs kamen schnell und in großer Zahl und wurden von anderen patentiert. Aber ich bin sicher, daß man bei einer so grundlegenden Erfindung wie dem Transistor neunundneunzig von hundert Prozent verschütten kann und immer noch einen ansehnlichen Gewinn daraus zieht. Und das taten wir mit Sicherheit.

Wie gesagt, es war ein wirklich netter Abstecher. Eine Zeitlang wollte Yankee pausenlos neue Informationen über die Zivilisation meiner Heimat und technische Angaben wie zum Beispiel über den Antrieb des Raumschiffs. Aber das konnte ich ihm natürlich nicht geben, selbst wenn ich es gewollt hätte – was mußte ein Pilot schon über die Technik wissen, die er bedient, außer daß er wußte, wie man den Antrieb unauffällig aus dem Takt bringt? Und wie ihm schnell klar wurde, konnten die Angaben zur Technik fiktiv oder auch nicht fiktiv sein, und wie sollte er es wissen? Unsere Vereinbarung stellte sich also nicht ganz als das heraus, was er erwartet hatte, aber sie machte ihn stinkreich, und er stellte sich rasch darauf ein.

Und er fand trotzdem Wege, sie zu benutzen. Ich bin sicher, daß er einigen sorgfältig ausgewählten Leuten von mir erzählte und ihnen mitteilte, was ich verkörperte. Wie kann man sonst seinen Aufstieg in der amerikanischen Politik erklären? Andere Leute hatten bestimmt dieselbe Meinung zur kommunistischen Frage wie er, und andere Leute stimmten in den meisten Fragen mit ihm überein. Aber nur Yankee knüpfte ein Netz aus Verpflichtungen und Furcht, strahlte die ›natürliche‹ Aristokratie einer Person aus, die auf eine bestimmte Art und Weise von ganz unten aufgestiegen war, und nur er stellte seine speziellen Lösungen zu Problemen vor, die regelmäßig überhaupt nicht existierten, auch wenn er das Gegenteil behauptete, und rührte so lange die Trommeln, bis sie fest verwurzelt waren. Es war eine wunderbare Darbietung, und ich freute mich insgeheim regelmäßig darüber. Die Niederlagen, die er zeitweise einsteckte, hätten für einen weniger fähigen Mann bleibende Rückschläge dargestellt, aber er machte unbeirrt weiter und flüsterte seinen Sponsoren in der Wirtschaft zu, was immer er ihnen zuflüsterte, und – siehe da! – war er wieder zurück, und es schien, als ob er nie weggewesen wäre.

Und meines Wissens zog nie jemand die Quelle seines Vermögens in Zweifel. Bemerkenswert. So etwas gibt es nur in Amerika.

Und dann, eines Tages, nach ungefähr zwanzig Jahren, änderten sich die Dinge. Ich war von einer meiner Reisen durch das Land zurückgekehrt, während derer ich verschiedene sonderbare Bruchstücke inspizierte, die sich niemals wirklich als die Überreste einer fliegenden Untertasse herausstellten. Ich bemerkte, daß ich erschöpfter als sonst war und meine Arme dazu neigten, einzuschlafen. Einige Zeit danach begann ich unter Schwindelanfällen zu leiden, und kurz darauf wurden die Schwindelanfälle stärker; ich konnte kaum aufstehen. Sich hinzulegen wurde zur Übung einer immer bedachtsameren Bewegung. Und ich bekam nachts Krämpfe in den Beinen. Anfangs konnte ich dem abhelfen, indem ich aufstand, aber dann pflanzten sich die Krämpfe aus den Waden in die Oberschenkel und Füße fort und gaben sich einfachen Mitteln nicht geschlagen. Ich litt zunehmend unter Schlaflosigkeit.

Ich wußte nicht, was ich tun sollte. Ich konnte nicht, wie ich mir anfangs sagte, einen Arzt aufsuchen. Ich machte mir ernsthafte Sorgen, als es sich als immer schwieriger erwies, mich von einem Stuhl zu erheben – ich brauchte oft zwei oder drei Anläufe. Ich war froh, daß mir niemand zusehen konnte; ich feuerte die Putzfrau. Kurzum, ich tat, was in meiner Macht stand, und als sich das als ungenügend herausstellte, dachte ich daran, Henshaw hinzuzuziehen.

Henshaw, den ich seit jenem Tag vor vielen Jahren nicht mehr gesehen hatte, war eine sonderbare Person. Erstens war er schwarz, und das trug dazu bei, ihn zu isolieren; er war ein Doktor der Veterinärmedizin, und das trug noch mehr dazu bei, ihn vom durchschnittlichen Schwarzen zu isolieren. Dazu kam, daß er weitreichende Interessen hatte und ihnen nachging; er hatte einen großen Teil der Welt bereist; er hatte weit über die Anforderungen seines akademischen Abschlusses hinaus studiert; er liebte die große Oper; er malte mit einer gehörigen Portion Talent und hatte Malerei studiert – und damit habe ich nur die Glanzpunkte gestreift. Kurzum, der durchschnittliche Bürger hätte ihn abgrundtief gehaßt, selbst wenn er nicht schwarz gewesen wäre, und das war er, und das rieb er einem unter die Nase, wenn er zu dem Schluß kam, daß ihn das in deinen Augen irgendwie unterlegen machte, Bleichgesicht.

Dennoch hatte ihn Yankee ausgewählt, Kaplan Joro zu sezieren. Und zwar weil man ihm viel weniger als einem weißen Mann glauben würde, wenn er versuchen sollte … auszupacken. Das war vor vielen Jahren gewesen, als Henshaw gerade erst damit begonnen hatte, eine private Praxis für die Pudel und Hauskatzen Georgetowns aufzubauen. Er war der Tierarzt von Yankees Familie, und er war natürlich wie alle, die wiederholt mit Yankee in Berührung kamen, früh von ihm taxiert worden. Dadurch, daß ich mich mit ihm wegen meines Problems in Verbindung setzte, ging ich ein Risiko ein, aber mir blieb wirklich keine andere Wahl. Er war der einzige außer Yankee, der über mich Bescheid wußte, und er war der einzige, der ein praktischer Arzt war.

Ich bestellte ein Taxi und ließ mich mitten in der Nacht zu seinem Haus fahren. Ich warf einen Zettel in seinen Briefkasten, während das Taxi wartete, und fuhr dann weiter ins Willard Hotel, von wo aus ich ein anderes Taxi nach Hause nahm. Besser konnte ich es nicht bewerkstelligen. Ich glaube nicht, daß Yankee mich ertappte. Dann mußte ich darauf warten, daß Henshaw zu mir kam.

Er kam. Tierärzte werden normalerweise nicht um Hausbesuche gebeten, er mußte also davon ausgehen, daß er nach all den Jahren einen weiteren Körper zu sezieren hatte. Wir hatten vereinbart, daß er für den Fall, daß wir jemals auf einen weiteren stießen, auf Abruf war. Die Tatsache, daß wir nie einen fanden, tat nichts zur Sache.

Wir saßen in meinem Wohnzimmer, ich hinter dem Schreibtisch; Henshaw hatte sich in den Sessel fallen lassen. Zu seinen Füßen stand eine schwarze Tasche. Ich hatte ihn seit jenem Tag am National Airport vor vielen Jahren nicht mehr gesehen. Er hatte sich kaum verändert. Er war ein großer Mann, der einem das Gefühl von Kraft und Vitalität einflößte und der trotz seiner Frau und sechs Kindern sich hin und wieder mit anderen Frauen einließ, wenn auch sehr diskret. Jedesmal wenn er das tat, geriet er weiter unter meinen Einfluß – ich ließ natürlich seine Telefongespräche abhören. Und Yankee mußte etwas Entsprechendes getan haben, noch bevor alles angefangen hatte – er hielt ihn an der Leine, bis er ihn benötigte, und dann rief er ihn eines Tages an und schlug ihm vor, in seinen Kombi zu steigen und zum Washington National Airport zu fahren.

Und er war gefahren, weil ihm keine Wahl blieb. Aber das war nicht der Grund, weshalb er danach als Angestellter für unvorhergesehene Fälle beim NRPA geblieben ist; nein, er hatte mich nicht ein einziges Mal gesehen. Ich glaube, keine zehn Pferde hätten ihn davon abhalten können, zu bleiben. Aber natürlich ließ ich sein Telefon trotzdem weiter überwachen.

Ich sagte: »Doktor, mit mir stimmt etwas nicht. Es ist etwas Ernstes.«

Er runzelte die Stirn. »Und deshalb suchen Sie sich so eine umständliche Methode aus, sich mit mir in Verbindung zu setzen? Und baten mich, darüber nicht zu sprechen, weder am Telefon noch sonstwie?«

»Ja.«

Er saugte an den Schneidezähnen. »Interessant.«

»Doktor, ich möchte, daß Sie mich untersuchen und herausfinden, was mit mir nicht stimmt.«

Ein eigentümlicher Ausdruck breitete sich auf seinen bezaubernd häßlichen Zügen aus. »Sie wollen nicht die Dienste eines Arztes in Anspruch nehmen, ah?« Henshaw lehnte sich zurück und blickte mich an. Er faltete die Hände über dem Knie zusammen, das über seinen übereinandergeschlagenen Beinen lag. »Wissen Sie«, sagte er, »es hat lange gebraucht, bis Sie sich endlich auf diese Art aus diesem Grund an mich wenden. Ich wußte nicht, ob Sie es jemals tun würden. Ich wußte nicht einmal, ob ich mit meinem Urteil über Sie recht hatte. Aber wenn ich mich nicht darauf verlassen hätte, hätte ich dann jetzt diese Chance?« Sein Lächeln setzte sich nicht bis zu seinen Augen fort, die abwägend und forschend blieben. »Die Chance, einen von Ihnen lebend unter die Finger zu kriegen? Wie viele Leute können von sich behaupten, daß sie die hatten? Nein, ich habe geduldig gewartet …« – und jetzt lächelte er, ungekünstelt –, »und jetzt erhalte ich meine Belohnung.« Er langte nach der schwarzen Tasche. »In Ordnung, machen Sie sich frei.« Und wir fingen an. »Wissen Sie«, bemerkte er, »es ist mal eine Abwechslung, einen Patienten zu haben, der sprechen kann.«

Er war endlich fertig, und ich zog mich wieder an. Er spielte mit den Phiolen voller Blut, das er mir abgenommen hatte. »Faszinierend«, sagte er mit aufgewühlter Stimme. »Ganz und gar faszinierend.« Er verstaute die Phiolen vorsichtig in seiner Tasche. Er blickte auf. »Wir werden uns einige Tage gedulden müssen, bis die Laborresultate zurückkommen, bevor ich sicher sein kann. Aber selbst dann, wie könnte ich sicher sein?« Er verschloß die Tasche und setzte sich wieder in den Sessel. »Was Ihr System angeht, sind Sie gewissermaßen menschlich, aber nicht sehr. Ich glaube nicht, daß wir uns darüber Sorgen machen müssen, was das Labor von Ihrem Blut hält. Sie werden denken, daß es von irgendeinem exotischen Tier stammt – was es natürlich auch ist, vom menschlichen Standpunkt aus betrachtet. Und ich kann jetzt nicht sagen, welche Anomalien vorliegen. Nicht, daß es groß helfen wird, wenn die Resultate vorliegen, weil weder Sie noch ich jemals erfahren werden, was die normale Struktur ist – außer natürlich, wenn ich zu gegebener Zeit einen Gesunden von Ihnen untersuchen kann, aber ich glaube nicht, daß das jemals der Fall sein wird.«

»Mir ist das alles vollkommen egal.«

»Das hatte ich nicht anders erwartet. Ich schinde Zeit.« Er zog an der Unterlippe. »Na schön. Sie haben eine Art schweres Kreislaufproblem. Ich kann nicht sagen, wie ernst es ist, weil ich Ihren normalen Blutdruck nicht kenne ... und Sie ebenfalls nicht. Es ist eine Schande, daß Sie kein Arzt sind. Auf der anderen Seite wären Sie dann nicht hier, nicht wahr? Der springende Punkt ist, daß es offensichtlich ernst ist, sonst hätten Sie nicht diese Symptome. Nun – was verursacht die Symptome? Das ist wesentlich interessanter. Und gleichzeitig kann ich darüber noch weniger sagen, zumindest im Augenblick.«

Er stand auf und ging in meiner Wohnung umher, während ich ihm mit jeder Faser meiner Existenz zusah. Er verschränkte die Hände hinter dem Rücken und ging von Wand zu Wand, ohne sie jemals wirklich anzusehen. »Sie sind ein sehr kranker Mann«, sagte er in die Luft hinein. »Sehr krank. Und ich weiß nicht, ob ich Ihnen helfen kann.« Er wandte sich wieder mir zu. »Nicht, daß Ihnen irgend jemand mehr helfen könnte als ich. Aber das könnte sich als schwacher Trost erweisen.«

»Ich könnte sterben.«

»Ja«, sagte er, »das könnten Sie. Aber das wußten Sie, sonst hätten Sie mich nicht herbestellt.«

– Niemals enthüllt

Aussage II, Ditlo Ravashan

Die nächsten Tage waren nicht vergnüglich für mich. Ich verbrachte sie mit Warten. Und die Schwindelanfälle und Krämpfe waren schlimmer als jemals zuvor. Als Henshaw in mein Büro kam, war ich mehr als bereit für ihn.

Er setzte sich und nahm ein Aktenbündel aus einer Mappe – den Laborbericht. Er klappte das Bündel auf und las schweigend den Bericht – zum zweiten Mal, wie ich annahm – und sah mir ins Gesicht.

»Wissen Sie, was eine T-Zelle ist?«, und bevor ich mit ›Nein‹ antworten konnte, schüttelte er den Kopf. Er legte den Laborbericht zur Seite. »Na schön. Vor ungefähr fünf Jahren erwähnte ein Arzt im Gespräch mit einem anderen Arzt etwas Sonderbares. Er stellte eine – wenn auch kleine, aber doch ins Auge fallende – Anzahl von geheimnisvollen Virusinfektionen bei Haitianern, Blutern, Homosexuellen und Säuglingen fest.

Die Krankheit widerstand allen Versuchen, sie in den Griff zu bekommen. Jeder Erkrankte war entweder bereits tot oder lag im Sterben. Und tatsächlich erschreckte ihn das Ganze etwas.

Sie können sich also vorstellen, wie er sich fühlte, als der andere Arzt sagte, daß er diese Infektion ebenfalls diagnostizierte.

Sie befanden sich auf einem Medizinerkongreß, also gingen sie der Sache so gut sie konnten nach. Und eine stattliche Anzahl der übrigen Ärzte behauptete, die Infektion ebenfalls festzustellen.

Und da war noch etwas. Es war nicht die Krankheit an sich, welche die Leute umbrachte. Es schien sich auch nicht um eine klar umrissene Krankheit zu handeln, obwohl die Blutzusammensetzung der Opfer dieselben Muster aufwies. Aber die Patienten starben an einem halben Dutzend verschiedener Krankheiten, an verschiedenen Arten von Krebs und an Lungenkrankheiten.

Zum größten Teil waren es nicht besonders häufige Krebsarten. Die Virusinfektion schaffte es, das Immunsystem stillzulegen. Danach war es nur eine Frage der Zeit. Die Person starb an der nächstbesten Krankheit, die sie sich zuzog.«

»Wie viele von ihnen sind gestorben?« fragte ich.

Er schüttelte müde den Kopf. »Alle. Nach einiger Zeit sterben sie alle. Es gibt keine Überlebenden.«

»Überhaupt keine?«

»Nein, überhaupt keine. Keiner weiß bisher Näheres darüber. Aber niemand überlebt die Krankheit. Und wir können nicht sicher sein, aber ich glaube, daß sie auch humanoide Aliens befällt. Ich glaube, Sie haben das Virus.«

Ich blickte ihn ungläubig an. »Sie glauben, *ich* habe das Virus? Wieso? Sie müssen sich ...«

»Irren? Vielleicht.«

In der Art, wie er es sagte, wie er mich anblickte, lag etwas Besonderes. »Aber Sie glauben, daß ich das Virus habe.«

»Ich fürchte ja.«

»Wie habe ich es bekommen?«

»Nun, ich nehme an, Ihre sexuellen Gewohnheiten ...« Er zuckte die Achseln. »Sex scheint etwas damit zu tun zu haben.«

»Du liebe Zeit. Wenn das alles ist, was es braucht,

um sich zu infizieren, dann müßte diese Stadt ein Massengrab sein!«

»Kein stichhaltiges Argument. Vielleicht wird sie das beizeiten sein.« Er schüttelte den Kopf. »Ich weiß, daß Sie das nicht groß interessiert, aber es sieht sehr schlecht für die Zukunft der menschlichen Rasse aus.« Er lachte humorlos. »Und ich kann niemandem davon erzählen. Nun, ich bin sicher, daß das Virus bald im empfindlicheren Teil der menschlichen Gemeinschaft zum Vorschein kommen wird. Es wird unter den Heterosexuellen ausbrechen, den weißen, männlichen, angelsächsischen, protestantischen Heterosexuellen. Das wird den Rest besorgen ... einen Aufschrei hervorrufen, den man nicht für möglich gehalten hätte.«

»Wie lange habe ich noch zu leben?«

Er schüttelte den Kopf. »Ich weiß nicht. Vielleicht einen Monat. Vielleicht eine Woche. Was immer auch Ihre Krankheit sein mag, sie scheint weit fortgeschritten.«

»Eine Woche.«

»Es ist schwer zu sagen.«

»Eine Woche«, wiederholte ich. Ich ließ meinen Blick durch das Büro gleiten. »Hm.« Das Problem war, wie konnten wir ein Begräbnis bewerkstelligen, bei dem der Körper völlig vernichtet wurde? Denn wenn das nicht der Fall sein würde, würde irgendein Leichenbeschauer, den wir nicht unter unserer Kontrolle hatten, großes Interesse entwickeln.

»Henshaw, Sie müssen mir helfen.«

»Ja, das werde ich«, willigte er ein. Er schüttelte den Kopf. »Komisch, wie es einen zu diesem Tag hinführt. Das Leben. Ich war zum Schluß gekommen, daß ich anders sei, und ich *war* anders, aber es hat überhaupt nichts genützt.«

»Wovon reden Sie?«

»Ich habe keine Vorkehrungen getroffen, als ich Sie

untersuchte. Warum hätte ich es auch tun sollen? Aber Tatsache ist, daß ich mir vielleicht durch einen unbedeutenden Handgriff, an den ich mich nicht einmal erinnern kann, das Virus zugezogen habe. Oder vielleicht auch nicht. Aber wir können nicht sicher sein. Ich habe allerdings das Labor angerufen und vorsichtig nachgefragt, aber keiner der Techniker ist mit Ihrem Blut in unmittelbare Berührung gekommen. Also geht *das* wahrscheinlich in Ordnung.«

»Einen Augenblick ...«

»Oh, es ist nicht so schlimm wie bei Ihnen«, sagte Henshaw. »Bei Ihnen verging zum Beispiel eine lange Frist zwischen dem Zeitpunkt, an dem Sie dem Virus ausgesetzt waren, und dem Erreichen der kritischen Phase. Und jemand, der Ihnen ausgesetzt war, hat vielleicht noch länger – schließlich sind Sie ein Alien, und es kann alles mögliche passiert sein. Nein, vielleicht wurde ich dem Virus überhaupt nicht ausgesetzt. Aber andererseits ...« – er zuckte nicht allzu ungezwungen die Achseln –, »andererseits wissen wir nicht einmal genau, wonach wir im Blut einer Person suchen sollen, die das kritische Stadium noch nicht erreicht hat. Also kann ich nicht sicher sein. Also kann ich es nicht mehr mit meiner Frau oder irgendeiner anderen machen. Niemals.« Er lachte trocken. »Beschissen, was? Ihr Fall ist natürlich erheblich schlimmer als meiner; ich erwarte also kein Mitgefühl von Ihnen.«

Ich glaube nicht, daß ich welches spürte. Irgendwie war sein Fall sogar komisch ... sein restliches Leben damit zu verbringen, sich zu fragen, wann die Krankheit ausbrechen würde, während gleichzeitig immer der bohrende Gedanke präsent wäre, daß er sie vielleicht überhaupt nicht hatte. Aber es nicht zu wagen, es darauf ankommen zu lassen. Ja, es war tatsächlich komisch. Aber ich hielt es für klüger, nicht zu lachen. Der Schwindelanfall hätte mich übermannt.

»Hören Sie«, sagte er, »wir sollten das nicht…« – und er sagte Yankees echten Namen – »erzählen.«

Nein, das sollten wir nicht. Ich hatte vollkommen recht gehabt, Vorsichtsmaßnahmen zu ergreifen. Aber ich sagte: »Nun, das ist interessant. Warum nicht?«

»Ich habe darüber nachgedacht«, sagte er. »Alles, was wir davon hätten, wären Millionen von Fragen. Unter anderem, warum ich Sie in Ihrer Wohnung aufgesucht habe. Ich soll Sie nicht kennen, mit Ausnahme unserer einmaligen Begegnung vor langer Zeit. Und das war natürlich so, bis vor kurzem.«

»Verstehe.«

»Ich muß Ihnen nicht erläutern, wie es sein würde.«

Nein, das mußte er nicht. Er hatte recht. Die Fragen würden niemals aufhören. Das Vertrauen, das einmal gebrochen worden war, würde nie wieder hergestellt werden können. Es war sogar möglich, daß Dr. Henshaw ein Unfall zustieße. Ich hatte keinen Grund, das anzunehmen – aber bei Yankee mußte die Tatsache, daß ich keinen Grund hatte, das Gegenteil anzunehmen, in Betracht gezogen werden. »In Ordnung. Das ist vernünftig. Und mir ist es im Augenblick egal.«

Also beließen wir es dabei. Ich sank zurück in meinen Sessel, und die Welt wirbelte und drehte sich.

Und schließlich war es soweit. Ich konnte nicht mehr gehen, und mein Körper krümmte sich in unbeschreiblich schmerzhaften Krämpfen. Über eine Woche war seit meinem Gespräch mit Henshaw vergangen.

Henshaw holte mich ab. Ich sah mich ein letztes Mal in der Wohnung um. Dann leerte ich meine Taschen, denn wenn ich diese Wohnung zum letzten Mal verlassen würde, würde ich spurlos verschwinden. Auf Dauer, aber auf jeden Fall spurlos.

Ich hoffte, daß Yankee folgern würde, daß mich

meine Leute geholt hatten. Ich lachte bei dem Gedanken in mich hinein.

Das NRPA würde weiterbestehen. Beizeiten würde es vielleicht sogar eine neue Dachorganisation entwickeln. Ich legte meine Brieftasche auf den kleinen Stapel auf dem Schreibtisch, klopfte meine Taschen ab und zog einen letzten Gegenstand hervor – ein Streichholzbriefchen des Democratic National Committee. Ich sah es an, lächelte kurz und legte es hin. Auf dem Briefchen stand die Adresse – der Watergate-Komplex – und eine Telefonnummer.

Henshaw blickte es an. »Was, zum Teufel, fangen Sie mit einem von denen an?« fragte er etwas ungläubig. »Ich dachte, Sie scheren sich einen Dreck um Politik.«

Ich lachte. »Ich hatte keine Gelegenheit, es auszuprobieren. Es geht das heiße Gerücht um, daß aus einem der leerstehenden Büros dort ein Callgirl-Ring betrieben wird.«

»Sie erzählen mir Mist.«

Ich zuckte die Achseln. »So sagt man. Aber was soll's? Keiner von uns beiden wird es jemals ausprobieren.« Ich machte kehrt, um die Wohnung zu verlassen, und stolperte in seine Arme.

Wir fuhren zu einem aufgegebenen Hof in Virginia. Der Weg führte zwischen Gebüschen und umgefallenen Zäunen hindurch, bis wir an dem Fleck anhielten, der vom Vorplatz übriggeblieben war. Henshaw stellte den Motor ab und sah mich an. Dann sagte er: »Hat keinen Zweck, die Sache in die Länge zu ziehen«, und öffnete seine kleine schwarze Tasche. Er nahm eine Spritze und eine Flasche heraus und füllte die Spritze. »Zyankali«, sagte er. »Das wird Sie sehr schnell umbringen.«

»In Ordnung«, sagte ich.

»Wollen Sie noch etwas sagen?«

Wollte ich noch etwas sagen? Nachdem ich soweit gekommen war, nur um so zu enden. Ich dachte an den Kaplan und wie ich ihn ausgefragt hatte, als er starb. »Was ist der Sinn des Lebens?« hatte ich ihn gefragt, und schließlich antwortete er: »Schmerz.« Oder vielleicht nicht. Eigentlich, fiel mir ein, war es eine Frage, die man einem Kind stellen sollte und nicht einem Sterbenden.

»Nein«, sagte ich. Alles in allem war es kein schlechtes Leben gewesen. Ich rief mir einen der auf angenehmere Art und Weise heftigen Augenblicke zurück: eine Frau unter meinem Gesicht und eine zweite, die sie küßte, während ich ... aber da fühlte ich, wie die Nadel in meinen Arm drang, und kurz darauf war ich tot.

Henshaw schubste mich aus dem Wagen und fuhr etwas zur Seite. Dann stieg er aus, öffnete den Kofferraum und nahm zwei Benzinkanister heraus. Er schüttete einen davon über mir aus und setzte das Benzin in Brand. Dann zog er sich hinter den Wagen zurück, bis die Flammen heruntergebrannt waren, und schüttete dann den zweiten Kanister über das, was von mir übriggeblieben war, entzündete das Benzin und ging zurück zum Wagen. Schließlich kam er zurück und wühlte in den Resten umher, bis man nicht mehr hätte sagen können, was dort verbrannt worden war. Es gab einige Knochenstücke, aber Henshaw begnügte sich damit, sie zu zerstreuen. Mehr war nicht nötig. Und so schied ich weit weg von zu Hause aus diesem Leben. Aber egal, ob zu Hause oder nicht zu Hause, ich hatte ein gutes Leben gehabt. Etwas kürzer, als ich erhofft hatte, aber dafür hatte ich das Geld und die Frauen, und niemand hat mir gesagt, was ich zu tun oder zu lassen hatte. Gibt es denn wirklich etwas Besseres? Sind Sie sicher?

– Niemals enthüllt. A. B.

Gespräche zwischen Funktionären

NR. 1: Ich kapier's nicht. Ich bin in die Wohnung gegangen, und das einzige Ungewöhnliche war ein Haufen Kleider mit dem Zeug obendrauf.

NR. 2: Du hast keinen Hinweis darauf, wohin der Bewohner gegangen ist?

NR. 1: Überhaupt keinen. Über allem liegt eine dünne Staubschicht, also ist er mindestens seit einer Woche weg.

NR. 2: Na schön. Mach eine Bestandsaufnahme von den Sachen und komm zurück. Ich werde es weitergeben.

NR. 2: Hm, als ich ihm den Bericht gab, fing die Kacke richtig zu dampfen an. Er will, daß du ein Team vertrauenswürdiger Jungs zusammenstellst und in den Watergate-Komplex und das National Committee Headquarters einbrichst. Und zwar pronto.

NR. 1: Du willst mich verkohlen.

NR. 2: Nein, das tue ich nicht.

NR. 1: Verdammt noch mal, es gibt im Hauptquartier eines National Committees nie etwas zu holen! Das ist ein Büro, um Himmels willen!

NR. 2: Junge, das weißt du, und ich weiß es auch, aber er offensichtlich nicht. Also schlage ich vor, daß du genau nach den Instruktionen vorgehst. Stell ein Team zusammen – hol dir einen Haufen von diesen Exilkubanern oder irgend jemand anderes, der verläßlich ist, und rein mit dir!

NR. 1: Verdammt. Verdammt.

Mehr Autos

Eine Zeitlang war ich also Christie. Einmal oder manchmal zweimal im Monat fuhr ich nach Newark und parkte den Wagen an einer anderen Tankstelle. Ein Mann reichte mir einen versiegelten Umschlag, und ich fuhr mit dem Bus zurück zu Roland.

Anfangs faszinierten mich die Touren. Es gab soviel zu sehen – die Bauernhöfe und die allmählich immer größer werdenden Dörfer und schließlich die Stadt, die eigentlich eine ganze Gruppe von Städten war; das einzige Zeichen, an dem man sehen konnte, daß man endlich in Newark war, war ein Schild am Straßenrand. Das war, bevor sie den New Jersey Turnpike fertiggestellt hatten – eigentlich sogar bevor sie eine ganze Menge Dinge fertig hatten. Im Zentrum spielte immer noch das Adams Burlesque Theatre; ah, es war okay. Manchmal zogen sie sich ganz aus. Und die Lustspiele waren phantastisch, wirklich phantastisch. Ich sah sogar Joe Yule, der Mickey Rooneys Vater war.

Aber, ehrlich gesagt, begann es sich nach einer Weile zu erschöpfen. Ich kam nicht weiter. Ich kam ein- oder zweimal im Monat nach Newark, aber es war, als ob ich an einem Gummiband hinge; ich kehrte immer zurück. Und der Gedanke, daß ich den Rest meines Lebens am Rande der Barrens verbringen sollte, war mehr, als ich ertragen konnte.

Mein Englisch war nicht gut, deshalb las ich viel.

Am liebsten las ich natürlich die Autozeitschriften. Ich schrieb sogar ein paar Leserbriefe, die sie abdruckten; anfangs wies ich fast ausschließlich auf Irrtümer in den Artikeln hin.

Mit Margery kam ich auch nicht weiter. Ich fing an, mit ihr rumzuknutschen; anfangs ängstlich und später mit beträchtlicher Wärme, und sie genoß es ebensosehr wie ich, aber dabei blieb es. Roland Lapointe schüttelte nur den Kopf. »Mann, du weißt, wozu er da ist, oder?« war sein deutlichster Kommentar. Ich nickte mit rotglühendem Gesicht, und er warf eine Schraube in einen Eimer am anderen Ende der Werkstatt und ging.

Eins lernte ich von den Lustspielen: Die Erdenfrauen hatten im Grunde genommen dieselbe Ausstattung, mit der ich mehr oder weniger vertraut war. Und ich bekam schließlich eine von Rolands Nudistenzeitschriften zwischen die Finger und fand heraus, daß sich meine Ausstattung nicht grundsätzlich von dem, an was Margery gewöhnt war, unterschied. Aber irgendwie … ich weiß nicht. Es ist nur … hm … ich nehme an, es hätte ewig so weitergehen können, aber einmal kam ich zur Morgendämmerung aus Newark zurück und sah, daß das Licht im hinteren Gebäude brannte.

Der Morgen dämmerte. Roland stand nie so früh auf; er arbeitete die meiste Zeit nachts. Also war die Wahrscheinlichkeit, daß das Licht erst vor kurzem angemacht worden war, sehr gering. Aber es wäre ebenso ungewöhnlich für Roland gewesen, wenn er die Nacht durchgearbeitet hätte. Das hatte er bisher noch nie getan.

Ich blickte das Fenster lange an. Dann öffnete ich vorsichtig die Tür, und das erste, was mir auffiel, war der Geruch. Er erinnerte mich irgendwie an die Stellen in Nick Olchucks Scheune, an denen die Katzen und Ratten gewesen waren. Aber das hier roch frischer. Ich ging um das Zeug herum, das vor der Werkstatt aufgestapelt war, um ahnungslos durch das Fenster zu sehen, und da lag Roland, tot.

Er *war* zäh. Das Auto war vom Wagenheber gerutscht, und eine Bremstrommel war mitten auf seiner Brust gelandet. Wenn das Rad auf der Trommel gewesen wäre, hätte er vielleicht überlebt. Selbst so zeigten das Blut und die aufgerissenen Finger, daß sein Todeskampf Stunden gedauert hatte. Er hatte mit eingedrücktem Brustkorb versucht, den Wagen wegzuschieben, bis er schließlich in den frühen Morgenstunden allein und mit weiß Gott was für Gedanken gestorben war. Ich sah ihn lange an, und mir ging eine Menge durch den Kopf.

Aber ich hatte eigentlich keine große Wahl. Ich konnte das Geschäft nicht weiter betreiben, und ich konnte nicht damit rechnen, die Tankstelle behalten zu können … ich konnte mit gar nichts rechnen. Und mir wurde klar, daß das meine große Chance war.

Ich ging rückwärts aus der Werkstatt und schloß die Tür. Dann ging ich zu Rolands Wagen; wie immer steckten die Schlüssel. Ich fuhr zu Margery und warf Kieselsteine gegen ihr Fenster. Als sie schließlich mit zerzaustem Haar und mit aus dem Nachthemd hervorquellenden Brüsten aus dem Fenster sah, sagte ich: »Gehen wir.«

Sie blinzelte. »Was?«

»Kommst du mit mir?«

Sie blinzelte erneut. Ihr Blick wurde streng. Sie registrierte Rolands Wagen, dann den versiegelten Umschlag, der aus meiner Tasche ragte, und sie biß sich auf die Unterlippe, aber sie nickte. Zwanzig Minuten später befanden wir uns auf dem Weg in Richtung Pennsylvania Turnpike, und ich erzählte ihr, was geschehen war. Ich mußte nicht viel sagen. »In Ordnung«, sagte sie, »ich hab's kapiert.«

»Noch etwas.«

»Was?«

Ich paßte auf, daß ich sie nicht ansah. »Heiratest du mich?«

Sie sagte lange nichts. Dann begann sie zu lachen. »Sicher. Warum nicht? Irgend jemand muß ja einen ehrlichen Mann aus dir machen.«

»Ich wollte keinen Witz machen«, sagte ich.

Sie biß sich auf die Lippe. »Nein, ich glaube nicht, daß du das wolltest.« Sie sah mich im Morgenlicht an, während der Wagen den Highway entlangschwirrte. »Ich auch nicht, wirklich.« Ihre Augen waren ernst. »Ja, ich werde dich heiraten und alles mit dir teilen: die guten wie die schlechten Zeiten, Freud wie Leid.« Ihr Mund zuckte. »Ich gebe sogar noch ›bis der Tod uns scheidet‹ drein. Was hältst du davon, Jack, mein Jack Mullica?«

Ich musterte sie. »Ich hoffe, daß ich dich glücklich machen kann.«

Sie schüttelte den Kopf und starrte ins Nichts. »Ich glaube, du hast dafür schon so viel getan, wie du konntest«, sagte sie. »Und das war eine ganze Menge, weißt du. Versuch nicht mehr zu tun, als du kannst.«

Ich sagte nichts. Wir würden sehen.

Wir wurden in einer kleinen Kapelle in Sandusky/Ohio getraut. »Sie dürfen die Braut jetzt küssen«, sagten der strahlende Friedensrichter und der strahlende Trauzeuge, und wir küßten einander. Dann fuhren wir ins Lake Vista Motel, und dort legte sich das Muster unseres Lebens für immer fest. Ich sah sie freudlos im Morgenlicht an, und sie erwiderte meinen Blick und schüttelte sanft den Kopf.

»Es ist nicht so wichtig«, sagte sie.

»Vielleicht wird es besser, wenn ich mich an dich gewöhne.«

»Vielleicht. Das wirklich Wichtige ist, ich bin erregt,

ich fühle mich wohl, und ich weiß, daß du mich liebst.«

Ich lächelte ein wenig. Wir lagen splitternackt auf dem Bett, und sie sah so begehrenswert aus, ganz Frau… nun, es war nicht, daß ich sie nicht befriedigt hätte, denn das hatte ich. Ich hatte auch ejakuliert. Aber ich hatte keine Vorstellung davon, wie sie innerlich fühlte, was mich unter den Männern, mit denen sie etwas gehabt hatte, für sie praktisch einzigartig machte.

»Jack…«

Ich ließ mein Grinsen breiter werden. »Was, zum Teufel…? Es war gar nicht so schlecht.«

Sie lachte. »Nein. Nein, das war es nicht.« Sie räkelte sich auf dem Bett. »Eigentlich, wenn du dich nach etwas mehr fühlst, könnte ich…« Nun, mehr müssen Sie darüber nicht wissen. Allmählich stellten wir uns aufeinander ein. Irgendwann blieb sie abends ein wenig länger weg, und danach gab es Nächte, an denen sie gar nicht nach Hause kam. Aber sie kam immer wieder zurück. Es war in Ordnung. Wirklich.

Wir ließen uns in Detroit nieder. Ich bekam eine Stelle in einer Autowerkstatt – anfangs machte ich nur sauber, aber schließlich wurde ich Vorarbeiter – und sie bekam eine Reihe von Stellen als Kassiererin in Supermärkten und so weiter. Es ist uns nie jemand gefolgt. Wir erfuhren nie, wie es Nick Olchuk ergangen ist, aber wahrscheinlich ist er in einer Flasche verschwunden. Wir ließen Rolands Wagen an einer Straße in einigen Meilen Entfernung von unserer ersten Wohnung stehen, und man brachte uns niemals damit in Verbindung. Ich ging ein paarmal daran vorbei, und zuerst waren die Reifen verschwunden, dann standen Motorhaube und Kofferraum offen, dann war der Motor verschwunden, und nach ungefähr einer Woche – das geschah, bevor es in Detroit wirklich übel wurde, deshalb dauerte es so lange – war nur noch die Karosserie übrig. Das ging also in Ordnung. Und wir lebten.

Wir lebten nicht schlecht. Wir verdienten beide gut. Ich verdiente etwas dazu; die *Automotive News* und einige andere Zeitschriften brachten ein paar meiner Lückenfüller. Und dann war eines Tages in der Kleinanzeigenspalte der *News* eine Anzeige, mit der ein Neueinsteiger für die PR-Abteilung des drittgrößten Autoherstellers gesucht wurde. Ich denke, ich war etwas älter als die anderen Bewerber, aber ich konnte einiges vorweisen, und der Mann, der mein Chef werden sollte, mochte meine Schreibe, und so wurde ich PR-Angestellter in der Autoindustrie.

Es war kein Traumjob. Der ganze Glanz ist nur außen. Ich textete Pressemitteilungen über neue Übersetzungsverhältnisse von Hinterachsen und neue Vergasertypen und ähnliches, und man mußte zu den Ingenieuren gehen, um die Rohdaten zu bekommen. Ingenieure mögen PR-Männer nicht besonders. Die dienstälteren PR-Männer stehen in makellosen Anzügen und Krawatten an Teststrecken herum; die unteren Ränge wie wir müssen dagegen eine Klitsche ausfindig machen, die um sechs Uhr morgens am Tag einer Pressekonferenz in irgendeinem gottverlassenen Kaff den Wagen wäscht. Ich habe mehr als einmal den Wagen meines Chefs mit dem T-Shirt, das ich mir selbst vom Körper gerissen hatte, abgewischt und an der Ladebucht des Hotels mit einem Schlauch abgespritzt. Und war um acht Uhr morgens, außer daß ich kein Unterhemd trug, tadellos gekleidet zur Stelle, verteilte Pressemappen an geringschätzige Autojournalisten und fragte mich insgeheim, ob die Ingenieure eigentlich die Zeit gehabt hatten, die Ausstellungsstücke in einen halbwegs anständigen Zustand zu bringen. Ich weiß noch, wie wir einmal den Autoredakteur einer der wichtigen Zeitschriften losschickten, damit er nach

Long Island fuhr und die heißen neuen Bremsen eines neuen Modells testete. Nachdem er losgefahren war, stellte sich heraus, daß die neuen Bremsen noch nicht bei den Ingenieuren angekommen waren und sie statt dessen die Bremsen eines alten Modells eingebaut hatten. Wir bekamen davon zu hören – wir bekamen eine Menge davon zu hören, und seltsamerweise war es irgendwie nicht die Schuld der Ingenieure, sondern die der PR-Abteilung.

Aber alles, was einen nicht auf der Stelle umbringt, geht schließlich vorüber. Eines Tages boten sie mir die Spitzenposition im Chicagoer Büro der PR-Abteilung an, und ich nahm an, weil sie gut bezahlt war, und Margery und ich zogen in die Nähe der Borrow Street Station in Shoreview. Wir wohnten in einer hübschen Eigentumswohnung mit Blick auf den Michigansee, und nicht einmal Selmon konnte es wirklich verderben, obwohl ich zugebe, daß ich damit anfing, etwas mehr zur Flasche zu greifen. Aber selbst das war nicht schlimm genug, um wirklich etwas auszumachen. Ich hatte es geschafft – ich war ein Amerikaner namens Jack Mullica, ich hatte eine gute Stelle, eine Frau, Margery, und hatte alles hinter mir gelassen.

Selbst nach Selmons Tod – o Gott, es tat mir leid für den armen, blöden Scheißkerl! – hatte ich immer noch alles hinter mir gelassen.

– Rekonstruiert. A. B.

Das Ende

Es war August. Jack Mullica war zu Hause und sah fern. Er war krankgeschrieben. Bei einer Pressekonferenz in Lake Geneva/Wisconsin war er gegen neun Uhr abends auf dem Flugplatz gewesen, um die Aufstellung der Wagen für die Ausstellung am folgenden Morgen zu überprüfen. Aus irgendeinem Grund hatte man eines der Autos im Leerlauf stehen lassen, und irgendwie hatte sich der Gang eingelegt. (Die PR-Abteilung verneint natürlich, daß so etwas jemals passiert, weshalb der Zwischenfall rigoros vertuscht wurde.) Auf jeden Fall hatte der Wagen Jack gestreift, als dieser woanders hinsah, und eine Schulter und ein Arm erlitten böse Quetschungen. Er trug eine selbstgemachte Schlinge und war von Margerys Darvon-Tabletten eingelullt. Das ging in Ordnung – das machte ihm nichts aus, obwohl er darauf verzichten konnte, sich das nächste Mal etwas zu brechen und zu einem Arzt gebracht zu werden. Aber er war überzeugt, daß es ein schlichter Unfall gewesen war und er sich kaum wiederholen würde.

Margery war irgendwohin ausgegangen. Jack sah zu, wie Präsident Richard Nixon mitten am Tag in einen Hubschrauber stieg und beide Arme in die Höhe reckte. Seine Finger formten jeweils ein V. Seine Familie stand um ihn herum. Jack runzelte die Stirn. Wohin war Nixon unterwegs, wenn er in Washington bleiben und diesen Watergate-Skandal unterdrücken sollte? Jack wollte der ganzen Angelegenheit gerade einen größeren Teil seiner Aufmerksamkeit widmen – er glaubte, daß der Fernseher Gerald Ford erwähnt hatte, damit mußte der Vizepräsident gemeint gewesen sein –, als es an der Tür klingelte.

Margery mußte ihren Schlüssel vergessen haben, dachte Mullica, als er zur Wohnungstür ging. Ist ins Haus gekommen, als jemand woanders geklingelt hat, und jetzt steht sie vor der Tür und wartet darauf, daß ich sie hereinlasse. Er öffnete die Tür und erblickte Hanig Eikmo. Er glotzte ihn mit aufgerissenem Mund an, und Eikmo, der etwas sonderbar gebeugt dastand und einen Anzug vom K-Mart oder irgendeiner anderen Billigkette trug und eine Rasur nötig hatte, sagte hastig: »Kann ich reinkommen?«

»Ja … ja doch, sicher«, sagte Mullica und trat zurück. Er vermochte es nicht, den Mund zu schließen. Wie, zum Teufel, hatte Eikmo – es war Eikmo, nicht wahr? – er musterte den Mann, wie er hereinkam und die Tür hinter sich zudrückte – ja, natürlich war es Eikmo, und irgendwo in seinem System wurde Mullica bewußt, daß das Darvon ihn mehr in Mitleidenschaft zog, als er geglaubt hatte.

»Darf ich mich setzen?« sagte Eikmo, und Mullica sagte noch einmal: »Ja doch, sicher«, und Eikmo ließ das übermäßig gepolsterte Sofa links liegen und setzte sich auf einen Stuhl.

»Wie geht es dir, Dwuord?« sagte Eikmo. »Läuft es bei dir gut?« Und Mullica bemerkte jetzt erst, daß Eikmo ihre alte Sprache benutzte.

Er drängte die Sprache nach vorne; es war erst das zweite Mal in Jahren, daß er sie benutzte. »Ich … wie hast du mich gefunden?« Mullica ordnete seine Gedanken, gewann seine Geistesgegenwart zurück.

»Nun, Selmon hat mir einmal im Monat geschrieben – Zahlungen, er hat mir das Geld, das er mir schuldete, zurückgeschickt. Dabei erzählte er mir, daß du hier wärst. Verrückt. Richtlinienverstöße scheinen hier in der Gegend eine Seuche zu sein. Warum, zum Teufel, ist er nicht weggezogen? Aber dann kamen keine Briefe mehr.« Eikmo sah sich um. »Wohnst du allein? Niemand außer deiner Frau wohnt hier? Kommt dich sonst jemand besuchen?«

Mullica nickte. Eikmo sah sich ein zweites Mal um und entspannte sich sichtlich. »Hübsch. Ich hatte mich auch ganz anständig eingelebt, aber nicht so. Meine Frau ist vor kurzem gestorben. Hat mich nicht zu sehr überrascht; sie war viel älter als ich.« Eikmos Stimme wurde für einen Augenblick sanfter. »Ich mochte sie sehr. Kam von irgendwo in der Gegend, wo wir abgestürzt sind. Komischer Zufall. Aber sie ist Jahre, bevor wir kamen, von den Barrens weggezogen. Jedenfalls bin ich hierhergekommen, um nach Selmon zu sehen. Mußte wissen, was mit ihm passiert ist. Und ich habe herausgefunden, was mit ihm passiert ist. Dich zu finden war nicht allzu schwer. Ich bin dir ungefähr eine Woche lang gefolgt. Als ich sah, daß deine Frau ausging, kam ich hoch.«

»Hör mal zu, Eikmo. Es ist schön, daß du mich besuchst, aber die Richtlinien ...«

Eikmo lachte. »Die Richtlinien! Du hast ihnen nicht zufällig die Schuhe und ein Dutzend anderer Dinge verkauft? Das Rasiermesser?«

»Verdammt noch mal, ich benutze einen Rasierapparat. Wovon redest du?«

Eikmo lachte. »Aber klar. Du hast keine Ahnung von dem Ganzen.«

»Oh, komm schon, Eikmo ...«

Eikmo stand auf. »Es ist eigentlich egal, was du sagst. Dir zeige ich es. Auf großem Fuß leben. Selmon umbringen.« Er zog ein langes, scharfes Messer aus dem Ärmel. »Was ist los mit dir?« brüllte er plötzlich.

»Warum hast du einen armen harmlosen Mann wie Selmon umgebracht?«

»Ich habe Selmon nicht umgebracht!« schrie Mullica protestierend auf. Gleichzeitig verdrehte er aber den Körper, so daß das Messer, das seinen Bauch hätte treffen sollen, statt dessen durch den Muskel seines Unterarms schnitt und an der Entsprechung zu Speiche und Elle abprallte. Die Klinge glitt weiter nach oben zum Ellbogen und blieb dort im Gelenk stecken.

»Verdammt!« schrie Mullica und wich zurück. Aus der Wunde spritzte Blut. Er war verwirrt, wurde sich bewußt, daß er jetzt keinen seiner Arme beugen konnte, sah, wie das Blut die Wände des Gangs besudelte, und stolperte weiter nach hinten.

»Laß mich in Ruhe!« platzte es aus ihm heraus. Er fiel auf eine Couch und versuchte mit den furchtbar schwachen Fingern der linken Hand die Druckpunkte im rechten Unterarm zu finden.

»Du hast Selmon umgebracht«, wiederholte Eikmo und faßte nach dem Messer.

»Nein! Es war ein Unfall. Warum hätte ich ihn umbringen sollen?« Es war ein Alptraum. Mullica verdrehte den Kopf auf der Suche nach etwas, das ihm helfen konnte, und sah irrsinnigerweise zu, wie Nixons Hubschrauber davonflog. Er wußte nicht, ob er die Blutung stoppen sollte, bevor er irgendwie Hanig Eikmo stoppte; wahrscheinlich ja. Dinge schossen ihm mit unnatürlicher Geschwindigkeit durch den Kopf und verschwanden wieder. Er versuchte, sich an einem Gedanken festzuklammern, an irgendeinem Gedanken, aber er konnte es nicht, konnte es nicht.

Eikmos Hände umklammerten Mullicas Hals; Mullica war sich undeutlich bewußt, daß Eikmo sein Knie in Mullicas Schoß hatte.

»Nein! Das ist lächerlich, Eikmo! Hilf mir, die Blutung zu stoppen ...«

»Nein. Ich werde dir nicht helfen, die Blutung zu stoppen.«

Mullica geriet in Panik und schüttelte Eikmo ab. Er wich vor Eikmo ans andere Ende des Zimmers zurück. Eikmo kam hinter ihm her – ein älterer Eikmo als der, an den er sich erinnerte, aber es war Eikmo, verdammt noch mal, Eikmo, der in Oakland sein sollte und statt dessen … »Warum, Eikmo?«

Eikmo hatte ihn erneut im Würgegriff. »Warum, zum Teufel, hast du ihn umgebracht?«

»Ich habe ihn nicht …«

Dann brachen sie durch die Türen auf den Balkon. Und dann spürte er, wie das Geländer gegen seinen Rücken drückte. Und dann ging er hinüber, und Eikmo lehnte gegen das Geländer und sah zu ihm herunter und wurde kleiner.

Margery kam nach Hause. Die Wohnungstür war zugedrückt, aber das Schloß war nicht ganz eingerastet. Die Wand der Wohnung war mit Blut bedeckt. Sie ließ die Einkaufstüte fallen und schnellte nach vorne. Sie sah einen Mann, der sich über das Geländer des Balkons lehnte. Sie schrie auf, oder vielmehr sog sie die Luft ein, und das verursachte ein unersättliches Röcheln in ihrer Kehle. Innerhalb einer Sekunde stand sie auf dem Balkon, und als der überraschte Eikmo sich umdrehte, legte sie beide Hände flach auf seine Brust und versetzte ihm einen Stoß. Niemand hätte ihrem Stoß widerstehen können. Nur Augenblicke nach Mullica stürzte Eikmo hinaus und fiel durch zwölf Stockwerke Leere, bevor er fast genau an der Stelle, an der Mullica lag, auf dem Beton aufschlug. Und endlich schrie Margery auf; ihr Aufschrei glitt nach unten und vermengte sich mit dem dumpfen Schlag, mit dem Eikmos Körper aufprallte. »Jack! O Jack Mullica!«

Mullica sah, wie der Beton mit erstaunlichem Tempo auf ihn zukam. Dann folgte einen Augenblick lang Schwärze, und dann blickte er hoch und sah, wie Eikmo auf ihn zuraste. Jack rollte sich zur Seite. Seine Schlinge und das Messer waren verschwunden. Er blickte hoch, und Margery stand dort oben, viele Stockwerke über der Straße, und schrie etwas, und dann war er dort oben und hielt sie in den Armen, und sie weinte vor Freude, und sie sah ihn an, ihre Augen strahlten vor Liebe, und er nahm sie in die Arme, und sie weinte vor Freude und sagte: »O Jack Mullica! O Jack Mullica«; also zog er sie ins Schlafzimmer und nahm sie in die Arme, und sie riß sich und ihm die Kleider vom Leib, und sein Glied war riesig wie das eines Gottes, er war göttergleich, und sie liebten einander, und sie liebten einander, während sie »O Jack Mullica!« murmelte, immer wieder, wild und ausgelassen, in seinen Armen, wunderschön …

– Niemals enthüllt. A. B.

Henshaw schüttelte unmerklich den Kopf. Er hatte der Witwe gesagt, er wäre von einer Regierungsstelle, was nur zu wahr war. Dennoch, man mußte vorsichtig sein.

Seit dem zweifachen Todesfall waren einige Tage vergangen. Man hatte das Blut in der Wohnung zum Teil weggewaschen. In die Balkontüren hatte man neue Scheiben eingesetzt, obwohl die Türrahmen an einigen Stellen zersplittert und nur provisorisch repariert waren. Die Witwe sah mitgenommen aus, was Henshaw für einen Augenblick bedauerte, denn sie war eigentlich eine gutaussehende Frau. Aber man konnte immer noch nicht feststellen, ob er frei von der Krankheit war. Man wußte immer noch nicht viel über sie. Man ging inzwischen von einer langen Inkubationszeit aus. Für ihn machte es sowieso keinen Unterschied; er würde für den Rest seines Lebens nur noch mit der eigenen Hand spielen, und damit basta. Und außerdem ... nun, außerdem.

Die Witwe saß an einem Ende der Couch und wirkte irgendwie sehr klein, sah aus, als ob sie dringend etwas bräuchte, das sie nicht bekommen würde. Sie starrte ins Leere. Ein offene Karaffe mit Scotch, die fast leer war, stand am Ende des Tisches. Ein fast leeres Glas war in Margery Mullicas Hand. Sie weinte und starrte ins Leere.

Ein Fernseher lief unbeachtet; er sollte lediglich ein wenig den Raum füllen. Henshaw sah sogar für einen Augenblick hin und erfuhr, daß Gerald Ford Richard Nixon begnadigt hatte. Er schüttelte ungläubig den Kopf.

»Mrs. Mullica«, sagte Henshaw sanft.

Sie sah ihn mit mildem Interesse an.

»Mrs. Mullica, ich werde gleich gehen«. Und sie völlig allein lassen. »Es war Notwehr. Das ist klar. Ihnen wird nichts geschehen. Aber können Sie mir sagen, *wieso* Sie den Fremden über das Geländer gestoßen haben? Können Sie mir das sagen?« Sie hätte so viele andere Dinge tun können. Zugegeben, die meisten hätten damit geendet, daß der Fremde sie ebenfalls umgebracht hätte, aber trotzdem ...

Sie lächelte matt und sah das Glas in ihrer Hand an. Dann sah sie Henshaw an. »Ich habe ihn geliebt«, sagte sie. »Es war mir egal. Er hat mein Bein gerichtet. Und er war der anständigste Mann, den ich je kannte. Oder jemals kennenlernen werde. Selbst wenn er ein russischer Deserteur gewesen sein sollte. Es war mir egal, wo er herkam.« Sie verzog den Mund zu etwas wie einem Lächeln und nippte an dem Glas, aber tatsächlich hatte sie keinen Augenblick lang aufgehört zu weinen. »Es war mir egal, wo er herkam«, sagte sie noch einmal. »Für mich zählte, was er war. Ich werde nie wieder einen Mann wie ihn finden«, sagte sie leise. »Nie, nie, nie.« Und sie weinte weiter.

– Aus Henshaws ungeschriebenem Roman

Nun, da haben Sie es. Ich begann mit den Recherchen für dieses Buch, nachdem die Medien über zwei Männer berichtet hatten, die vom Balkon einer Eigentumswohnung gestürzt waren. Die Geschichte war natürlich im Fernsehen und den Zeitungen, aber irgend etwas daran klang komisch. Ich dachte mir, daß sie es wert wäre, ihr genauer nachzugehen. Und natürlich war das erste, was ich fand, das Blut an den Wänden der Wohnung – welches in den Medien nicht erwähnt worden war und das ich nur zu Gesicht bekam, weil der Hausverwalter zufällig mein Cousin ist. Angesichts dessen gab es für mich kein Halten.

Es tut mir leid, daß das Buch nicht maßgeblicher ist. Tatsächlich mußte ich vieles von dem, was dieser abschließenden Bemerkung vorausgeht, erfinden. In Ordnung, dann ist es eben ein Dokumentarroman anstatt eines Dokumentarberichts, der nie geschrieben werden wird, weil so vieles einfach Mutmaßung bleiben *muß*. Damit will ich sagen, daß alle fünf tot sind und bereits tot waren, bevor ich mit der Arbeit an dem Buch begonnen habe. Margery erzählte mir schließlich fast alles, was sie wußte, aber wenn man sich das genauer ansieht, stellt sich heraus, daß sie in Wirklichkeit nicht sehr viel wußte, oder?

Und eigentlich könnte ja *alles* eine Erfindung von mir sein, nicht wahr?

– A. B.